U0055057

郵購、喬琪、虱目魚

桂花飄香的南瀛時光

艾莉雅 著

序

為了上一本書的出版，順便整理了一下電腦檔案。資料夾總是如此，不碰則已，一碰便牽一髮而動全身。想將檔案統整，卻因此打開了好幾個不相關的陳年檔案。裡面大多是孩子還在嬰幼兒階段時寫的一些零碎的生活紀錄。那些文字，描述的是當時嚴重睡眠不足的育兒生活中覺得令人感動的、該記錄下來的片段。現在讀來稍嫌細碎，但仍然忍不住時而噗嗤一笑，時而感動得鼻酸。有點意外地發現，這些短篇段落寫作的語氣以及描述的片段和現在生活相比，感覺彷彿隔世，遙遠到不太確定自己是確實記得當時的實際場景，還是在閱讀時，隨著自己的文字在大腦裡重新營造出了復刻影像。確定的是，假如當初自己沒有把這些感受寫下來，那些曾經為之動容，認為會永久珍藏在內心的事情，肯定會隨著每天的茶米油鹽消失於腦海中。

而令人心慌的是：

一個沒有人記得是否發生過的事，幾乎等於不存在？

就像挪威的森林裡，逐步走向死亡的直子，最後的要求也只是不要被忘記，希望渡邊記得她存在過，否則自己會在這個世間消失。也像我很喜歡的作家江鵝提到過的：「有些事情只有我記得，家人都說不知道有這些事，我便成為這個世界上唯一一個記得的人，如果我死了，將不會再有人記得，有一種宇宙洪流感。」這般看來，寫日常生活這件事雖然看似不務正業，不怎麼高級也排不上文學榜，卻很有其必要性。

基於這樣的道理，我展開了對自己童年記憶的探索旅程。這本書裡寫到的都是一些微不足道的片段，卻也是最令人珍惜的回憶。相信很多讀者整個人生中都有很多精彩的故事，相較之下我的點滴也許毫無特別之處。但不特別，也沒有不好，或許我的不特別，正代表著大家共同的類似經歷。

很慶幸自己是鄉下長大的小孩。雖然從大學開始，台北反而變成最熟悉的城市，但市區再精彩，總覺得長大以後再經歷便已足夠。記得大一的寒假放假前，一位台北土生土長的女同學向我要了台南的住址，說有東西要寄給我。我將地址寫在一張紙條上給她，她看了之後提醒我：「你忘了寫幾樓喔。」我頓時不知道該說什麼，訝異於：原來我們兩個雖然看似在人生中到達了相同的地點（都在高中三年折磨下考上了當時分數很高的國立大學系所），但其實成長過程根本是天差地遠。在台北長大的讀者，若是你看到這裡不懂我在說什麼，告知你一下，中南部的鄉下很多人都是住透天厝，地址只有到幾號，不用寫幾樓的啦。

我愛台北，愛它的熱鬧，愛它的方便，也愛它包蘊了我最青春年華時期，覺得什麼都有可能的心情與記憶。但不免還是覺得，城市畢竟不是屬於

鹽田堤岸邊四處可見的蘆葦，耐海風、耐日曬，在我印象裡是漁村人家堅毅耐勞的象徵。每次去散步總會拔個一兩根，拿那細長花穗互相搔癢，是百玩不厭的把戲。

孩子的，繁華豔麗看多了，容易失本心。多麼慶幸，在繁忙的生活中，只要閉上眼睛，把自己帶回小時候寧靜的鄉間，就能把浮躁的心安靜下來。也有時候是某種聲音，抑或是某種氣味，甚至有時是某種氣溫，都能突襲式地把兒時片段從腦海某個角落翻捲起來。這本書雖然寫了很多屬於自己的童年、關於故鄉的回憶，但也許我這個外表孤僻的人，其實冀望能透過這些文字和六七年級的同輩們建構一點形而上的心靈交流，只希望在不知哪個角落，有人能在匆忙的現實生活中，因為此書而重拾一點童年或青春時期純真的歡喜和憂愁，便有遇知音的欣慰。年紀越大，越懂得落葉歸根的心理需求。身體雖然暫時不能回家，這本書也算是一種精神上的歸根。

目次

序 3

Part 1. 台南

我對台南一點也不熟 16
去台南 19
無聊比鬼還可怕 23
拜拜 26
出遊 31
過年 33
冬日的選舉宣傳車和春日的透南風 38
千江有水千江月 42
撒哈拉的故事 45

Part 2. 藍裙橘帽的日子

排路隊　50
手帕指甲衛生紙　53
參考書和課外讀物　55
畫畫與躲避球　59
書法班長和排球轉學生　64
保密防諜和演講比賽　66
妳不要跟他同一國　71
我在仿冒公司上班　73
郵購　76
電視兒童　80
世界名作劇場　80
大黃河與繞著地球跑　84

爆米花和嘎嘎嗚啦啦　86
每日一字和三台新聞　88
出國　90
情人糖　93
被月亮割耳朵　95
便服日　97
畢業紀念冊　99

Part 3. 吃食記憶與味道

吃吃喝喝　104
酪梨牛奶　104
海鮮粥　105
豬心　106
蝦米肉餅　107

豬血湯　109
雪克33和蜜豆奶　110
王子麵和阿婆店零食　111
吧噗豆花和粉料啊　112
炸蚵嗲　114
蒜頭醬油與蚵給　115
阿忠牛排　116
味道　118
燒金紙　118
燒田　120
八月桂花香　121
鬆餅與白文鳥　123

Part 4. 青春少年時

錄音帶 126
蘇格蘭紅茶 130
理化老師 134
清明上河圖 135
填鴨和烤肉 138
台北夢想城 145
師大夜市 147
女一舍 150
BBS 153
體育表演會與西瓜節 155
現代舞 158

Part 5. 生命中的女人

阿嬤 162
阿嬤的龍眼樹 162
灶咖 164
青阿 169
媽媽 173
別人的媽媽 173
媽媽的洋娃娃 176
嫁出去的女兒潑出去的水 177
他是老師耶！ 180
媽媽的手 183
媽媽的拿手菜 185
加油！ 188

婆婆 191
你儂我儂的親子關係 191
千萬不要想跟婆婆比誰比較厲害 194
永遠的外國人 197

Part 6. 如今

飄渺繚繞 戀戀山嵐 204
身體記憶 209
一座冰箱 211
你怎麼那麼瘦 214
最後一次的相見 219
有頭蒼蠅 227

郵購、喬琪、虱目魚：桂花飄香的南瀛時光

Part 1. 台南

我對台南一點也不熟

不知從何時開始，台南演變成一個很夯的觀光城市。說起台南，大家眼中無一不閃起嚮往的光芒。文青老街和商店、五花八門的美食小吃、逛不完的歷史古蹟和藝文景點。然而對我來說，這些完全不是我的台南。我的台南是飛沙蕭颯，冬季時颳的強勁刺骨海頭風、黃昏時馬路邊叢叢搖曳的蘆葦、一格一格波光粼粼的魚塭；是七股鹽山變成景點之前，被毒辣的日頭曬得黝黑、在鹽埕上辛苦耙碾的伯伯叔叔們；是戴著斗笠遮著臉，穿著全臂布手套在鏟牡蠣的阿嬸；是三天一小拜五天一大拜，總是擺滿了牲禮和鮮果，一根一根香煙緲緲繚繞著的祖厝前廳。我的台南，也是外婆古厝三合院廚房裡，用著木柴生火煮食的裊裊炊煙；是她臥室裡的白色蚊帳、綠色鐵窗花、還有晚上要提進來用的尿桶。阿嬤獨居的三合院前面的空地和建築租給了人家當鐵工廠。每次去玩，總是聽到高頻率，像是巨嬰哀怨哭泣般鋸鐵的聲音。

我的台南是極其樸素的。記憶中炎熱悶濕的夏天，樹上的蟬，雖然肉眼不仔細找看不見，但嘎嘎叫起來聲音如雷不絕於耳，有時候吵到連別人說話都聽不清楚。孩子們總是蹲在小鎮的馬路上玩橡皮筋、拿小樹枝戳水溝壁上粉紅色的福壽螺，或是在阿公家帶著鹹濕海風氣息的魚塭旁偷偷丟石頭。濕黏的傍晚，暑氣似乎有稍微減消的意願，小孩們冒著汗在大馬路邊的騎樓下玩紅綠燈，等著媽媽做好甘甜的番簽（番薯細絲甜湯），從門口朝著馬路喊我們：「轉來食飯啊喔！」天氣悶熱，胃口不開，番薯湯淋在白飯上，清爽開胃。我雖不是番薯迷，但又為能藉此讓碗裡裝少一點白飯感到小確幸。我愛吃媽媽做的菜，但白飯從來不是我的長項。

吃飽飯後，爸爸媽媽非常偶爾會有閒情逸致帶我們去散步。雖然平常他們到晚上一樣為工作忙碌，但那偶一為之的夜間散步，卻因此深深地刻印在記憶中。夏天的夜晚有涼爽的微風，田裡的蛙叫響亮透徹，路邊人家養的狗隨著我們的路徑汪汪聲此起彼落，抬頭一看，照著白暈的路燈下，頭頂上滿滿的是圍成一圈飛舞的草蚊子。夜晚，四個姊妹睡同一間房。躺在床上，房間是靠大馬路邊三角窗的二樓。大半夜醒來，我習慣聽著外面馬路上偶爾有車呼嘯而過的聲音，車聲劃過夜晚的寧靜，反而有一種孤寂之感，不像都市裡總是車水馬龍，反而對經過的車聲麻痺了。

到了國高中，念的是隔壁村的私立學校。我們搭的是學校專車，不是市區公車，不需要跟上班族和各路人馬擠座位。專車從家裡小鎮開到學校，大約十分鐘。那時每個人的書包都是沉甸甸的，裝滿了前晚該讀的課本、該寫的參考書。有坐到座位的人都照著不成文的規定，幫沒座位的人拿書包，不管站在旁邊的那個人你認不認識。雖然是男女合校，大家卻也都自動分邊，女生占據校車前半部，男生則乖乖往後走，至於中間交接地帶，則是大家有些害羞，卻又裝作毫不在意地摩肩而站。行車沿途，各種氣味依序吹進車廂裡。路邊的小吃攤香味、田邊雞屎味，然後是化學工廠味，到現在都不確定那奇怪的化學味是否真的應該如此光明正大地飄在空中給大家聞？到了學校裡，則時常可聞到附近農地燒田的味道。那時不知道這是空氣汙染，反而喜歡在腦海裡編繪出一種「莊稼人家，裊裊炊煙」的想像。

鎮上只有幾條熱鬧的街，不是大城市，沒有麥當勞，最時尚的店是三商百貨，要到台南市也得搭五十分鐘的公車才能到。因此一切都是很單純的：學校、公車和家。至於出名的台南美食，則因為我們幾乎從來不在外面餐廳吃飯而無緣品嘗，每一餐都是媽媽親自煮的飯菜。幸好不時會有厝邊或親戚舉辦喜慶婚宴流水席，即使新郎新娘我通常都不認識，還是當作難得的外食機會。在路邊搭棚，穿著短褲拖鞋就可參加的辦桌菜色豐富味道鮮美，從搭配五味醬的冷盤、魚翅羹到紅蟳米糕，通常吃到第四五道菜時整個後頸脖子就會出現僵硬緊縮狀態，當時不懂得為什麼，長大後才知道這些菜色裡味精量可能很驚人。至於台南的蝦捲和擔仔麵，還是到了上大學時有同學下來台南玩時「帶我」去吃的。所以你問我，身為台南人，對台南景點和美食熟嗎？不，我真的一點也不熟。

不過大名鼎鼎的虱目魚倒是從小常吃的。爸爸那邊的親戚大多是做魚塭的，因此虱目魚出現在餐桌上的頻率高到有點令人害怕。這種魚多刺，吃起來總嫌麻煩，但是魚肚和魚湯則相當鮮美，而爸爸總是細心夾到我們盤裡，大家搶著要的虱目魚眼睛和那一層淡白色的「翠沛」（臉頰）則是他表現疼愛小孩的方式，不但好吃，更有份心照不宣的溫暖。

去台南

對以前的台南縣人來說，我們不住在「台南」。爸媽每次要去台南市區，總會說要

虱目魚微微透明的那一層臉頰有脆中帶著膠質的口感，是老饕才知道的美食。

「去台南」。去市區對我們來說是要四十分鐘到一小時車程的事，所以我從小都不覺得自己住台南。真正體會到這件事，是離家上大學後，對外人必須要這麼說時才發現的。大一新鮮人時，每次跟別人提起我是台南人，大家立即的反應，就是：哇，台南好棒啊！小吃很多、到處都是美食和古蹟啊！好像我平常下課沒事就會去億載金城或孔廟，邊散步邊思古之幽情，然後嘗遍各家名店之類的。面對這種反應，我常是一陣心虛，因為他們說的這些台南美食和古蹟，我其實幾乎都沒吃過，也很少去參觀什麼名勝。相反地，因為地緣關係，爸媽一聽這些景點或食物，還會嗤之以鼻，說：蛤？那有什麼好玩、好吃的啊？

小時候的娛樂不多，爸媽忙著做生意，根本不太可能帶我們出去或陪我們玩，因此時常是寂寞無聊的。有時候爸爸下午需要去台南市辦事情，會問我們要不要跟，一旦爸媽提起要載我們「去台南」，那有什麼疑問？一定要跟的啊。

可惜的是，兒時很容易暈車，從家裡到市區感覺是一段很漫長的車程。每次爸一踩剎車，想吐的感覺就隨著湧上喉頭。但為了能夠逃離無聊的午後漫長時光，都還是像跟屁蟲一樣說什麼也要跟，然後在後座默默忍著吐意。傻傻地看著窗外，過了西港，過了壯闊的曾文溪，過了海寮、和順，就是要進入台南市區了。到了台南其實也沒有去哪裡玩，就是跟在爸媽屁股後面，安安靜靜看著他們辦正經事，大多是證券或銀行，辦完了又開車回家。有一次比較好玩，是跟著去吃喜酒的。坐了好久的車，好不容易到達目的地，喜酒辦在豪華的大飯店裡，這可是我們小鎮上沒有的東西！無奈一走進氣派的飯店宴客聽，我就一口氣用噴的吐在那紅絨地毯上，爸爸尷尬得不知道要說什麼才好。

那時候流行的台南美食和現在不太一樣。八〇年代最有特色的台南美食應該算以棺材板為首，接下來是蝦捲、担仔麵、鱔魚意麵、土魠魚羹。棺材板這東西現在比較沒有名氣了，雖然我也沒吃過，但看起來的確是很有意思的東西。把麵包炸得金黃酥脆，切開頂皮，裡面挖個洞，加入奶味十足的濃湯再蓋上，用想的也覺得應該滿美味的，有一種台式西餐的感覺。不過說到鱔魚意麵和土魠魚羹，這可就要流口水了。記憶中媽媽曾經嘗試煮過一次鱔魚意麵，可惜不小心放太多辣椒，不習慣吃辣的我們被辣到直灌水，長大後在店家裡吃到，細長柔軟的意麵裹上帶著微微的醋酸和台南人熱愛的甜味醬汁，香氣十足。鱔魚特殊的薄脆中帶著咬勁的口感，和軟軟滑滑的意麵形成完美搭配。至於土魠魚羹，以前媽媽若難得去台南逛百貨公司買衣服，到中午她就會帶著小跟班的我去小北仔（現在全台灣都有連鎖店的小北百貨，發源地就在台南的小北夜市，小北仔在童年印象中就是熱鬧繁華之處的代名詞）或西門路上的小麵攤和菜市場攤上吃土魠魚羹。那時候不流行在百貨公司的美食街吃東西，可能是因為台南市街頭好吃的東西比美食街多太多了。土魠魚羹這小吃最重要的精神當然就在那濃稠的羹湯裡了。羹湯帶著蔬菜香，而且一樣走台南偏甜口味，甘味十足。平常在家餐餐都得吃魚的我，原本看到魚是不會有任何開心的感覺的，但土魠魚羹裡的魚塊有用特殊調味醃過，香得不得了，加上外面被炸得酥脆，吃起來不像魚，比較像雞塊。濃濃的羹湯裡泡著香脆魚塊，撒上幾葉美味香菜，噢！真是絕配。

現在說起台南，流行的是牛肉湯，或是走復古路線的雞蛋糕、水果冰、豆花。年輕一點的族群則發明了如起司塔、布丁、戚風蛋糕等等，也吸引了不少外來遊客為之傾倒。雖然這些和我那個年代的台南小吃有些差距，但整體來說，故鄉在一個以美食著名的城市，總是值得引以為傲的。

如今回鄉下看爸媽，偶爾也會一起進城「去台南」逛逛。其實住在台北時，新光三越是步行十分鐘就能到的距離，對於要開車三四十分鐘才能到的台南新光三越，有種又愛又很懶得去的心情。當年台南市很經典的百貨公司現在幾乎都已不存在，像是東帝士百貨、遠東百貨和中國城，現在聽起來都像是上輩子遙遠的記憶。近年來大家都是去現在獨占百貨龍頭的新光三越，為了方便省時，通常也是直接在美食街吃吃日式烏龍麵就回家了，以至於到現在我對台南市的路和景點還是一樣完全一點都不熟，可惜自始至終沒有趕上外縣市觀光客來台南時那些必吃必買或文青必逛的行程。

無聊比鬼還可怕

早在陰屍路和屍速列車流行之前，國小的我就被港片《暫時停止呼吸》帶起的殭屍風潮嚇了好久。之所以叫做《暫時停止呼吸》是因為根據劇情，只要你能不呼吸，殭屍就不能察覺你的存在。因此在學校大家都會談論自己屏息能屏多久，還會互相幫對方量時間。因為太害怕，我也會很認真在腦袋裡反覆思考，現在住的都是鋼筋水泥的樓房，不像電影裡的木造房子，而且我家一樓還有一整片鐵門，也許殭屍就撞不進來了，假如他們撞不進來，那我就能安慰自己放寬心一點，好好去睡覺。除了殭屍，後來大人們也去那時候很流行的錄影帶店租了張曼玉演的港片《開心鬼撞鬼》。劇情是什麼也記不得了，只知道是喜劇，但連這樣片子都能讓我覺得害怕，晚上洗澡刷牙還疑神疑鬼的，連鏡子都不太敢照。

小時候也很流行世界末日的傳說，大家都講得很認真，書籍雜誌也有很多所謂的西方「真人」預言，講得信誓旦旦，引文做證，不過後來當然是沒有發生。那段風潮過了之後，又有好幾次世紀末日的預言，多到數不清了，但顯然也都是製造話題而已。

不過跟西方的末日傳說相較，本土宗教帶給我的恐懼也沒有比較少。宗教似乎總是想辦法以「令人敬畏」作為一種吸引信眾的手法。有次跟爸爸去廟裡拜拜，拿回了一本關於十八層地獄的漫畫書。裡面的圖畫精細入微地描繪了各種痛苦肉刑的招式，非常驚人。有人躺在一根一根尖刺的釘床上痛苦哀號，有人被割肉割得血淋淋，有人被看起來很兇惡的鬼（還是神？）割舌頭，有人被火燒，什麼恐怖刑罰都有。驚悚漫畫風格的圖片鉅細靡遺，現在想起來，才覺得兒童不宜，但那可是廟裡免費贈閱、用來警惕小孩要乖的善書呀。那時雖然很害怕，但因為終日無所事事，結果還是從頭看到尾，可見無聊是比鬼更可怕的事。

小時候沒有什麼「爸媽特地帶你去哪兒玩」這種事，只有「大人要出門，順便把你帶去坐在旁邊」，而你要不要自我娛樂是你的事。因為去廟裡參拜是爸爸最大的娛樂，所以能跟著去遠一點的廟就算是「出去玩」了！有一次爸爸空前絕後地，臨時興起，專程帶我們去麻豆代天府的十八層地獄「遊樂園」，出來後還笑著叫我們不要告訴媽媽。我那時沒追問為什麼不能說，也許是擔心媽媽嫌他亂花錢？或是媽媽會擔心我們被嚇著？還是因為沒有帶媽媽一起去？其實那是一個以恐嚇起警世作用的「樂園」，又恐怖又陰森的，有很多跟之前拿到的地獄漫畫本裡類似的場景，現在想起應該有點像倫敦地牢（London Dungeon）的感覺。雖然是挺駭人的體驗，也不是一般小孩會想去的地方，但平常幾乎沒有機會被爸媽帶出門做任何娛樂的我們，忽然被總是十分忙碌的

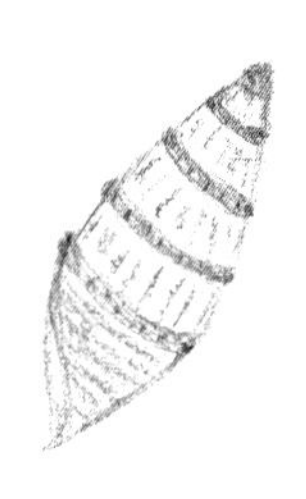

用塑膠袋裝著賣的燒酒螺，內容物很小，但吸吮起來很有娛樂性。

爸爸偷偷帶去玩，不免感到萬分興奮。我想，行程繁忙的爸爸難得偷閒帶我們出去玩，他心裡應該也非常高興吧。

後來媽媽也帶我們姊妹去青鯤鯓朝天宮「逛廟」，逛完了在外面廣大的廟埕外，迎著南部天公最愛的馬景濤式熱血的橘紅色晚霞，等爸爸開車來接我們。媽媽向旁邊的腳踏車小攤販買了一包燒酒螺。從小塑膠袋裡撈出一個一個浸在濃濃醬油中的螺仔，她教我們螺肉洞口外面有一層圓圓硬硬的薄殼要先剝掉，然後用力吸，整個螺仔才會完整地出來。蒜頭醬油加上脆脆的肉，在下午嘴正饞的時分覺得特別美味。後來長大了，在某次機會看到現在竟然還有阿婆騎著腳踏車出來賣螺仔，我問媽媽要不要買一包來吃？她竟然跟我回說那些東西不乾淨，怎麼我竟然會想吃那種東西？

拜拜

從有記憶以來，家裡就一直在拜拜。我父親是你所想像得到最最虔誠的那一種人。不只是過年、元宵、清明、端午、中元、中秋、冬至這種重大節日一定要拜，其他像初一十五、賞兵（從小時常聽到賞兵，問到底是賞什麼冰？原來不是冰，是慰勞神的五營兵馬，不過好像也是初一十五在拜）、拜三王爺生、關帝爺生、拜天公、地基主、門口、阿公生、阿嬤祭日每個大大小小神明的生日，總而言之各位祖宗的生日或祭日和農民曆裡每個大小節慶，沒有一個不拜。而家裡的拜拜不是像台北街頭，大小公司辦公室擺在騎樓那樣，買個泡麵可樂果餅乾綜合包搭配蘋果西打雪碧或附贈小吸管蘋果汁就好的那一種拜拜，台南鄉下的拜拜要有三牲四果，有魚有肉有湯有水果有糕餅有餅乾有酒，全套的那一種。拜完了，自然要處理那一桌豐盛的食物。身為小孩的我們那時只知道拜完有好東西可以吃的小確幸，但是身為要處理那一堆東西的媽媽本人，則完全只有感到壓力。不過這是人到中年才體會到的心情，跟過年或西方的聖誕節一樣，小孩總是滿心期待著，因為他們只要負責吃跟玩就好，長大了才知道成為媳婦的人通常只想要趕快硬著頭皮把年、聖誕節越快過完越好。

家裡的拜拜物品總是超澎湃，雞肉豬肉魚肉，四樣水果和餅乾零食樣樣不缺。讓我深信當神明一定都吃很好。

家裡這樣氣派地拜下來，感覺我們總是在吃神明吃過的東西，吃不完的只好冷凍起來。進冷凍櫃前，媽媽會在每個食物上標籤寫日期，好依序把東西消耗掉。但想也知道這樣拜，一個冰箱當然不夠，我們現在都已離家，無法幫忙消耗，於是爸媽家裡需要進櫃冷藏的牲禮有越來越多的趨勢，兩個人住的透天厝目前擺了三個冰箱加兩個冷凍櫃！

常拜拜代表時常有好料，小時候物資缺乏，神桌上的美食讓我們這些小蘿蔔頭虎視眈眈。有小孩的人或有過童年的人（誰沒有），應該都很清楚「公平」對小孩的重要性。家裡有五個小孩，因此有什麼好料一定都要平均地分成五份。餅乾糖果類的就用小塑膠袋裝起來。有次我把分到的薑糖藏到牆壁底下的祕密基地裡，後來過了好久才想起來，卻不太敢去打開來看它最後變成了什麼樣。我想像爬滿螞蟻或被蟑螂咬得一個洞一個洞的包裝紙，或甚至是長了蟲。過了好幾年後終於鼓起勇氣打開它，裡面空空什麼也沒有，連袋子也不見蹤影，於是默默發現自己不是唯一一個知道祕密基地存在的人。

不只零食要分，像柚子這種並非一年四季都能吃到的水果類也不例外，一顆柚子殺了以後，爸媽吃了幾瓣，剩下的要剁成五份，老實說我那時胃很小，吃柚子又容易脹氣因此沒有很愛，但被分到跟哥哥姊姊一樣分量的柚子時，還是覺得此乃公平正義維持之所必須。

這樣拜拜的狂熱，主要是來自爸爸那邊的習俗，我的外婆那邊人口簡單，通常就阿嬤一個人，遇到重大節慶簡單拜一下就好。但是爺爺家家族龐大，叔叔伯伯姑姑加起來十幾個，原本就熱鬧，而他們庄裡也似乎都是拜拜狂熱族，於是就永遠都在拜拜，永遠都在「鬧熱」。有次回爸媽家，在客廳翹腳看電視，新聞報導到中南美洲的暴動，爸爸從窗外的花園裡急急忙忙開門進來，問我剛剛電視上是不是有播哪個陣頭在鬧熱？叫我趕快轉回去給他看。等一頭霧水的我搞清狀況，不禁莞爾。

鬧熱的時候，全部的伯伯叔叔阿嬸阿妗除了大家都款（準備）一大堆牲禮來拜，也會留下來吃飯。媽媽不太喜歡湊這些熱鬧，寧可留在家比較自在。而隨著哥哥姊姊年紀大要準備學校考試，年紀最小的我就常被派出來當小孩代表，跟著爸爸去吃鬧熱的晚飯。無數個傍晚，在阿公家前庭的埕，吃了一堆烏魚子、蚵仔麵線和生猛海鮮後，我移坐到正廳外面旁癲的椅子納涼，看著這些有點熟又不太熟的親戚們喝了酒後嗓門變大，男人划起酒拳，女人在旁邊忙東忙西邊話家常，我默默上演內心小劇場。想著數學參考書寫到哪裡，哪一張考卷考得不太好，也常常很無聊的想著自己假如自己不是這樣「烏搭散」（黑乾瘦），假如能長得漂亮一點該多好，至少這樣在無聊的學校生活也會有多一點樂趣。

念國中時班上有個叫雅芳的同學，長髮及腰，不只帶點微微的咖啡色，還是美麗的自然鬈。長髮是她的招牌，長度停在像是隨時會折斷的細腰。她不只頭髮夢幻，而且皮膚白皙、大眼睛、個性溫柔、說起話來輕聲細語，雖沒有志玲姊姊的娃娃音，但溫柔程度不減。長這樣的她自然而然是學校裡每個男生眼睛追隨的對象，老實說不只是男生，我也常常暗自欣賞她，但是是羨慕到有點自卑的欣賞，那時覺得自己既然沒有美貌，只能靠用功念書爭取一點存在感。很好笑，這個雅芳同學並不知道她會出現在我阿公家的埕前一個無聊女同學的腦海。甚至在幾十年後，我到那個埕前坐著的時候，還會想起那位長髮美女同學，很好奇都走到了中年的我們，她那一頭及腰的波浪髮不知道變成了怎樣的髮型，而當了媽媽的她罵起小孩來會不會跟我一樣氣勢如虹？

民俗宗教在台南鄉下是和日常生活緊密相連的，尤其大家特別期待大型宗教活動，像是會從家前面大馬路繞行過去的蜈蚣陣。在熟悉的敲鑼打鼓中，像蜈蚣一樣長長的隊伍行來，裝了輪子的座位上面坐滿了一個一個穿著古裝，畫著濃妝的小孩。大人說有坐蜈蚣陣的小孩會好搖飼（好養）。我小時候體弱多病，把爸媽操煩得要死，很好奇他們怎麼沒幫我報名去坐坐？

鄉下宗教活動最熱鬧的莫過於有宮廟建醮的時候，是整個鄉鎮裡的盛事，左鄰右舍競相擺桌請客。想像一下整個村的各戶人家都擺出流水席邀請親朋好友來「鬥鬧熱」，場面常常浩大到要封路封街，想進城不是得提早，就是得把車停在周邊再走進去。這種事沒有人會抱怨，取而代之的是流動於整座村莊的興奮愉悅之氣氛。從建醮前的幾個禮拜／月，村莊裡從聯外道路開始到鎮上就都已掛上一排一排紅色的燈籠。特別記得有一次阿嬤庄里的建醮，我們從下午就趕緊進駐卡位，期待著熱鬧的一晚。時值冬季，在冷冷的空氣中抬頭望向被映照到閃著淡微橘紅的黑色夜空，上面懸掛了一串一串發著溫暖亮光，紅色黃色綠色的彩色燈籠。鼓聲樂聲台上表演聲響亮於耳，大人們開心在路邊流水席喝酒吃佳餚，孩子們在桌旁追追打打嬉鬧，還有攤販出來賣糖葫蘆和小玩意兒（是的，很像古裝劇裡才會出現的東西）。那個晚上在我腦海中像是印象派的畫作，色彩鮮豔繽紛，畫面每一個方寸都夾雜了帶著聲音的七彩光暈。

出遊

小時候爸媽為了生活努力打拼，小孩總是放養任其自然生存長大，因此也鮮少會有心思做任何形式的休閒活動，但有幾次爸爸決定開車載我們全家出去玩，我們（包括媽）開心興奮期待的心情自然是無以言表的！

沒有網路的年代，家裡買了一本台南旅遊景點指南，無聊時就拿來翻來翻去，討論下次要去哪裡，即使不知道下次要等多久以後。附上大大照片的南化大地谷因為地熱有著特殊的風景，討論了好多次，歷經幾年最後終於去了，雖然對那一趟的細節沒有留下太深的印象，但「大地谷」幾乎成了小時候對出遊想望的代名詞。

話說那時候沒有衛星導航，開車出遊時，車上必備一本旅遊書、一本台南各鄉鎮地圖，但是駕駛座旁的媽媽不太愛看也不太會看，我們常常因為迷路繞了很久的車程。繞到大家受不了後，媽媽常常提議要問路邊的商家，但爸爸總是堅持他繞一下就會找到路，「不用」問人（是「不用」而不是「不要」）。長大後，我和老公在國外旅行，有時不幸迷路，搞了好一陣子都找不到路後，我也會提議問當地人，而老公也總是堅持不用，那固執的模樣讓我不禁想起小時候坐在車子裡繞來繞去，爸爸弄到火大卻又堅持要自己找到出路的模樣。後來看很多文章報導寫到男人有「問路障礙」，才confirm原來這是男人自尊問題作祟，但無奈這在女人眼裡真是難以理解！

更小的時候，曾經和爸爸總公司的經理兼好友一家人去馬沙溝海水浴場玩水。我們玩得無比開心，也留下了難得的照片，像寶藏一樣珍貴地夾在紅絨布的相簿裡，為年代久遠而記不太得細節的快樂時光做見證。那一趟海灘之旅，大人小孩都像是第一次見識到戲水和全家出遊的愉悅，連爸媽也興奮地說海灘真是太好玩了、又不遠，我們下次要買游泳圈來，以後還可以用很多次。我們聽了當然是開心得不得了，一直期待著帶著游泳圈回沙灘玩的那一天。但結果，就沒有下一次了，當然也沒有買游泳圈。「下一次」回到馬沙溝，我已經變成了兩寶媽，帶著自己的小孩來到以前想來卻到不了的海灘玩。回頭望站在沙灘上，兩個很有默契地都用一隻手遮著斜曬夕陽的爸媽，他們眺望前方興奮踩浪花的孫子們，一轉眼頭髮已花白。

過年

小時候，過年超有年味的。一整年最期待的莫過於這個時候，比暑假都還興奮。一、二月空氣微微冰涼，但心情卻很澎湃，只期待著學校考完試，一放假，立刻換上準備過年的好心情。假期第一天，媽媽就馬上發號施令執行大掃除的行動，分派我們每天清潔的目標，一切一定要在除夕前弄好。冬天的水很冰，擦完平常擦不到的那些壁櫥、窗戶的角落，水桶裡的水都變黑的，而手則被凍得紅通通。

除夕前幾天爸爸就會開車載我們去剛開的縣聯社做大採買，那時候進去都還要看農漁民或軍公教的證件。我們很喜歡逛那一排一排平常吃不到的餅乾零食魷魚絲果汁汽水，期待過年時可以大飽口福。那時候媽媽很愛買一罐一罐色彩鮮豔的「健素糖」，健素糖味道奇特，我們只喜歡吃外面那一層糖衣，但媽媽卻真心愛吃裡面那味道有點像飼料的、號稱對身體有益的咖啡色圓球，後來健素糖被發現原料裡真的有飼料用酵母粉，便從此下架了。媽媽這位常年愛用者聽到後真是又驚嚇又傷心。

年貨的採買不是一兩天就能完成的，要買的品項清單也在親朋好友互相送禮的過程中隨時增減。南部鄉下送禮是社交往來的一大盛事，很愛往外跑的爸爸在這個時節總是一路忙送禮忙到除夕當天。

以前似乎不太有現在超市和大賣場在過年前幾週、月必放的俗又有力、連續反覆播放的賀年歌，雖然這些聽到後來耳朵都快爛掉，而且大家都嫌煩，但我其實偷偷地喜歡，這就是年味嘛！在國外每到這個時節特別覺得孤單想家，逛超市時都還自己腦補配樂「恭喜恭喜恭喜你呀～」，可憐到有點可笑。

到了除夕的一大早，爸媽開始準備拜拜，我們小孩就在旁邊忙東忙西看有什麼要幫忙。有一年暖冬，我被分派和哥哥到四樓換春聯。先幫他把已經曬到反白再也不豔麗的春聯仔細刮掉，然後小心翼翼貼上嶄新朱紅底，上面飛舞著渾厚黑毛筆字的新對聯。哥哥看了OK後，我們再下樓幫爸媽把拜拜的東西搬上去。雖然幾乎每年都做類似的事，但那一年，那個時刻，心情明亮、喜樂、雀躍，和南部冬天亮眼的大暖陽互相輝映成一個近乎不真實的、閃著暖黃色毛絨光圈的畫面，幾十年後仍會想起。

過年最大的事，除了除夕夜的年夜飯，就是無止盡的拜拜。除夕上午拜祖先，下午拜門口和地基主。（大年初一、初九大早拜天公，初二初三拜祖先，初四初五拜財神和灶神，十五元宵拜天官大帝，期間有空就去廟裡幫今年生肖沖到的人安太歲。）過年拜拜一定會準備發糕和年糕。發糕，小巧可愛。國小時爸爸說我字寫得好，常分配我在四方小紅紙上寫上「春」字，插在白白嫩嫩

能被書法大師老爸指派去寫春字，滿足了小小的虛榮心。

的、中間四散迸開的小發糕，以及兩碗小小的白飯上，這個叫插「飯春」。至於年糕，拜過幾天後就會硬掉，直接吃不好吃。媽媽會先把年糕切塊，裹上一層蛋液後，一塊一塊在大盤子上沾滿麵粉下油鍋去炸。喜歡和媽媽站在溫暖的瓦斯爐旁，聽她解釋什麼時候才知道油已經熱了可以下鍋。媽媽先滴一點筷子上沾到的蛋液和麵粉塊進去，如果油冒出一顆一顆的小泡泡，那就表示夠熱了。這樣的小事，我在教女兒油炸時也順口說了出來，才發現原來自己對當時那些場景牢記在心，而現在我已經變成傳授煮食功力的那個人。

早年的除夕夜我們還是照

習俗吃大魚大肉、講究各式各樣年菜的年夜飯，後來就跟上流行吃火鍋（媽媽一定覺得是種解脫）。年夜飯晚上媽媽會特別開放給我們喝汽水。汽水是平常不准喝的飲品，但那天晚上媽媽會特別關照是否每個人都有拿到一杯七喜或蘋果西打，於是汽水在我的味覺記憶中，是和過年連在一起的。吃完快撐破肚皮的年夜飯，早早收一收洗個澡。媽媽規定那天晚上換下來洗的衣服一定不可以弄濕，年初一那天也不會洗衣服，這個習俗我們誰也沒問過為什麼，現在一查才知道有不能「濕過年」這個禁忌。

洗完澡後大家就圍在一起開始玩「撿紅點」。撿紅點這個遊戲技巧需求性不高，和運氣比較有關係，因此很符合過年這個講究好運頭的節日。大家都各使奇招求好運，有的會在嘴裡念念自己發明的咒語，有的在牌桌上用手指偷偷比畫。長大後有錢了，則穿上自己買的紅內衣紅內褲，無所不用其極。我們家不賭錢，拿來當獎賞的是過年拜拜用的糖果。賭贏的人就賺一顆糖果，賭輸的人則賠一顆，最終勝負以手邊有多少糖果決定。如果賭興高，最輸的人就買張五十元樂透給最贏的人當獎賞。過年的撿紅點那麼好玩，原因絕對不只是玩牌本身的樂趣，而是因為大家都圍在一起，專注地做同一件事，一起狂笑、尖叫、哀嚎加罵髒話，那是平常少有的機會，也因此特別覺得幸福。大姊一向不那麼熱衷打牌，而比較喜歡窩在旁邊看過年特別節目。於是每牌局打完中場休息時，一邊向贏家烙狠話，一邊轉頭就可以看到一連串精彩熱鬧的歌舞和表演，毫無冷場。那樣的熱鬧是印象中幸福的最高點。

玩牌守夜守到十二點，直到窗外傳來稀稀疏疏的放炮聲。爸爸也會去樓下放鞭炮慶祝新年到來。放完炮我們就都該上床去睡覺了。睡覺前除了刷牙，還有件很重要的事就是把當晚收到的紅包捧在手心，捻一捻每包的厚度，數一數每一包裡的錢。小學時紅包一包大約五百塊是基本價，阿公阿嬤、叔叔伯伯都是這個等級。一年就這天能一下子收到一大筆數目的錢，當然很期待。紅包收完，仔仔細細地放在冰冷的枕頭底下，蓋上冰冷的「棉石被」，準備用體溫像二十四孝那樣去把床弄暖，想著頭底下的紅包，微笑著入睡。現在長大了自己沒紅包領，只有教自己兒子女兒把紅包放枕頭下睡覺的份。

幾年前我搬離了台灣，因為孩子學校的關係不能在過年時回國，因此我每年回娘家過一整個禮拜的年，享受每天吃喝拉撒睡、出門探望親友或和家人軟爛地度過一個禮拜的幸福日子也正式結束了。加上疫情影響，連續兩年連暑假都回不了家。隨著爸媽身體健康問題一個個慢慢出籠，想多花點時間陪伴，無奈人在國外，想見卻見不得的憂愁逐漸侵蝕起想樂觀振作的心。現在想起來，看港片時總是看到「年年有今日，歲歲有今朝」這個老掉牙的吉祥話，其實是多麼簡單卻又奢侈的想望啊。

冬日的選舉宣傳車和春日的透南風

冬季蕭瑟氣氛中，天空陰鬱灰色下，在台北家裡窩著，馬路尾傳來選舉的宣傳車大喇喇地放送：「請選×號候選人」。有的是愛拼才會贏的樂觀積極，有的則是金包銀的悲情請託，不變的是他們總搭配著特定風格的樂曲，強迫式洗腦街道上每戶人家。儘管人在台北，只要聽到選舉宣傳車的放送，頭腦便自動連結台南家裡，鋁製窗框被空曠田野中的強勁寒風吹得坑坑框框作響的聲音。因為選舉宣傳總是在年底，印象中，宣傳車和冰冷的鋁門窗鏗鏘聲總是連結在一起的。

雖然台灣南部冬天的氣溫比很多溫帶國家高很多，但事實上在寒風狂掃的鄉下透天厝裡，實在覺得比哪裡都冷。台灣的房子沒有溫帶國家常見的壁掛葉片散熱器或藏在地板下的暖氣條，加上若是沒有裝氣密窗只裝一般鋁窗，冬天一到，整棟樓房就像一個大冰庫，太陽曬不進來，冷風卻擋不住地一直從窗戶縫隙灌入，尤其住在透天厝裡總覺得像是類輻射冷卻效應，常常會有屋子裡面比外面更冷的感覺。每每氣溫降到十幾度，家裡就冷吱吱的。媽媽常常因此凍得受不了，不只像我們幾個女兒一樣容易手腳冰冷，她總是喊著從「吧內」（體內）一直冷進去，冷到無法忍受時就去倒一杯爸爸的陳年威士忌，灌一口好讓體內熱起來。媽媽平常不愛喝酒，但酒精在冬天卻有救命的功效。

以前的冬天也比現在冷很多，又沒有可攜式暖氣，因此洗澡是很痛苦的一件事。有時候太冷，媽媽就叫我們拿毛巾隨便擦擦，或者重點部位洗一洗就好，省去在冰天凍地浴室裡脫光光的痛苦。那時候也沒有現在到處可見的輕薄發熱衣，只有棉質或羊毛的衛生衣。爸爸曾經跟公司的團去過一次紐西蘭，帶了幾套羊毛衛生衣褲回來，我們都當成寶一樣，擠著上前去摸摸那遠從南半球來的貼身衣物質地究竟有多神奇，那幾件衣物可是爸媽專屬，寒流來襲時的祕密武器。可惜畢竟是羊毛質地，雖然做得輕薄，套在身上還是有些許刺刺的觸感，不像如今市面上的發熱衣柔順滑溜。遇到「大寒」﹝這裡意指酷寒時（台語Tuā-kuânn，非節氣中的大寒tāi-hân）﹞時，我們通常也會在學校制服的褲子裡多穿一件棉質衛生褲，不然真的冷得受不了，像極了當時紅遍台灣大街小巷的日本諧星志村健時常穿的老爺爺衛生裝。在被體罰當飯吃的年代，若那天有可能發考卷，會被老師打屁股的話，通常建議穿厚一點的衛生褲，對於保護皮肉有明顯功效。不過全球暖化的結果，現在冬天越來越少見當時那樣冷到不穿衛生褲不行的境界，幸好也已經沒有被藤條抽屁股的風險。

歐美國家雖然比台灣冷多了，但至少冬天時室內是暖的，通常大家都穿得輕薄舒適，出門時套件大外套即可，不會有我們冬天時躲在家裡皮皮挫的不舒適，也因此幾乎平常沒有人在穿衛生衣或發熱衣，除非是要去戶外運動才有需要穿到這種東西，所以那種內搭的防寒衣物大多是屬於特殊功能的運動配件。記得教師實習完那一年，要出發去美國明尼蘇達州當中文助教之前，我向教授說有點擔心來自南台灣的自己不能適應那裡冰天雪地的氣候。她笑笑地回答：「放心啦，他們室內都有裝暖氣，冷不到妳的。」事實證明教授說得沒錯。在冰天雪地長達六個月的明尼蘇達州校園裡，我時常坐在學生餐廳裡看著整片落地窗外的大雪紛飛，配著幾乎每天都來一支的霜淇淋甜筒。冬天冷嗎？就算外面冷到零下十五度，只要不出門，都溫暖得很。若是出門，穿上從頭到腳的雪衣外套就夠保暖，也沒有當初在台南家裡冷到發抖那樣不舒服。

話說回來，聽說現在可以檢舉宣傳車違反噪音防制法，這是件好事。只不過，不管在哪裡，只要一聽到廣播車掃遍大街小巷的拜票聲，便聯想到台南家裡面北的鋁門窗在蕭瑟寒風中震動的鏗鏘聲，而鋁門窗旁則是那個在寒窗前苦讀的鬱悶高中生。日子雖然無比苦悶，卻也是曾經短暫擁有，流逝而不再回頭的，我的青春歲月。

和冬天室內的冷冽對比，則是春夏之際的透南風。透南風是一個很奇特的天氣現象。三到五月之時，偶爾幾天家裡的大理石地板會淹上一層薄薄的水霧，像是拖地時有人沒先把拖把擰乾就到處「逅逅せ」（隨便甩甩擦擦）那樣地濕。不只地板，連桌子和牆壁都會「潮得出水」，擦也擦不完。印象中，這是南部特有的現象。也許是因為台北較北，比較少有被南風籠罩的機會，也或許居住台北時住的宿舍或租的套房都是小小一個，就算有反潮現象，也不太感覺得出來。

通常要透南風之前，空氣中就聞得到徵兆。早在家裡地板滲出一層水之前，爸爸就會像先知一樣宣布：「今天晚一點要透南風了。」我從來不疑有他，喜歡跟著東聞聞西嗅嗅當時的空氣，試著聞出爸爸究竟是如何判斷的。這種濕潤厚重的氣味無法言喻，只有親身聞過的人才能體會。家裡的透天厝，一到透南風，整個所在都籠罩在一股說不出的濕熱之中，揮之不去的水氣，像是烤箱中加了一碗公水一樣，在濃濃的濕氣中循環加熱。國高中的時候我不時在感冒，不時在發燒，尤其在透南風的日子，我更是常常搞不清楚自己究竟有沒有發燒。每每到了吹南風的月份，家裡空氣中都快滴出來的水氣和幾乎可以用來滑行的地板，和身體總是「烘烘」（微燒）卻又得面對無止境的考試苦日子是連結在一起的。雖然濕熱黏膩不舒服，但房子潮濕到滴出水畢竟是一件逗趣的事，在日復一日的煩悶日子裡，甚至有點期待那些透南風的日子。

千江有水千江月

身為家裡最年幼的小孩有個好處，就是會比沒有兄姊的人提早學到學校還沒教的東西，當老師教到某些很耳熟的部分，我彷彿已經比別人先聽了三十分鐘的「搶先聽」，理解得比別人快一些。哥哥或姊姊有次回家來秀他們學到的蒸發和溶解的知識，在旁邊聽著聽著，等到老師在學校教到那一章的時候，我就好像都已經學過了。另外一個好處，就是兄姊常會帶回來一些我那個年紀還不知道要看的書。第一次看到《千江有水千江月》這書名，完全不懂意思，覺得好像繞口令一樣。但我打開念了第一頁，就有被震撼到心都少跳了一拍的感覺。

蕭麗紅筆下的嘉義布袋就像是我阿公家所在的七股，書裡描述的一家伯伯叔叔嬸嬸同住一間三合院但不同房的景況，屋後面垂鬚的榕樹、魚塭和草寮，跟我阿公阿嬤家的感覺就像是同一個古厝。

曾經經歷過在學校說台語要被記名字罰錢的年代，這本書是我第一次看到有人用「阿妗」寫出台語的「舅媽」，「你今日是怎樣？跑來番這個？」以及其他一連串用國語寫出台語的奇妙文字。不僅如此，當時最大的震撼，是發現原來台語不是只能在家講的粗俗話，竟然也可以和帶著文言文氣質的

往阿公家去的七股沿路，一格一格幫浦打著氣的漁塭，在陽光照射下波光瀲灩。

優雅文字結合書寫表達，形成一種奇異的文字美學。加上作者對我平常熟悉的漁村村莊、建築、人物對話精準描寫，因此即使故事開頭是非常慘的悲劇，卻讓我這個漁村孫女無比感同身受，為故事裡的人加倍心痛。至於書裡少年男主角連續吃了好幾天的虱目魚，被魚刺刺到大人用筷子夾出來，是實際生活中發生到覺得煩悶的事，一旦被寫在書裡，卻忽然變得有趣多了。而女主角一句「貞觀有幸，得以生做海港女兒，當地一陣海風吹向她時，她內心那種感覺，竟是不能與人說去」，那種在魚塭邊吹到帶著魚腥和鹹味的海風，從鼻腔和皮膚毛孔感受到無法用言語形容的回鄉感，我完完全全瞭解。長大後自己試著去解讀書名，想像一格一格的漁塭，在月光下照映出千個波光粼粼的月亮，竟然能用古人寫出的詩句去形容，那是多美的畫面。

看《千江》，也發現一些原本沒觀察到的事，例如書裡寫道：「怎知台南府竟有這樣的景緻，滿街滿巷的鳳凰木，火燒著火一樣，出門會看見，抬頭要看見，不經心，不在意，隨便從窗戶望出來，都是火紅紅、燒開來的鳳凰花。」還沒離家上台北前，是看到這本書的描寫，才知道鳳凰是台南的特色。鳳凰樹在我家附近那幾個鎮上並不多見，通常是要往台南市區開的路上，才會看到車窗外那一整排的高大樹木。看似蕨類植物的翠綠樹葉，配上火熱又精緻的紅花，現在想起來是很熱帶風情的。對那時的我來說那是熱鬧市區的象徵，誤以為每個城市都會有如此景緻。

二十幾歲回頭重讀千江，才發現書裡一句：「台南的特色如果說是鳳凰，台北的風格，就要算杜鵑了。」猛然想起在台北念書時，習慣了城市裡到處可見桃紅、橘紅或是潔白的杜鵑花。杜鵑花於我，是離家獨立生活、最青春年華的時代，經歷無數學業和生活上的自我挑戰、體驗戀愛的喜悅和煩悶、對人生前景在樂觀和猶疑困頓間互相交錯的台北年代。看了這本書也才明白鳳凰和杜鵑對自己的意義，驚心於作者和自己人生經歷的重疊。

之後再讀到蔡素芬的《鹽田兒女》，甚至是蔡智恆的小說《國語推行員》裡，都可以感受到作者和自己一樣，身為鹽田兒女、魚塭兒女，故鄉的空氣溫度和味道，空氣中的鹽分從一出生就滲到我們的血液裡、骨子裡、鼻腔裡，在靈魂最深處的地方，搖旗吶喊著纏繞綿延一生的鄉愁。

撒哈拉的故事

我的外公早逝，阿嬤一個人，住不了傳統三合院那麼多房間，後來決定把空房租出去。租客其中有一對未婚男女，聽大人們說他們名聲不是太好，但小孩們若是想追問，大人就會三緘其口。後來他們搬走了，留下了一些東西。阿嬤便問我們要不要去看看有沒有什麼想拿的。姊姊們撿回來了一本封面紅咖啡色的書，圖片中是一個人和一隻駱駝在沙漠裡行走的樣子，下面寫著《撒哈拉的故事》。年幼時我是很容易被嚇到的孩子，看到這本書時莫名地覺得恐怖，也許是那顏色深沉的封面，也許是那我看不懂的書名，也或許是書的前任主人本身就有點神祕。但是好奇心戰勝膽小，勇敢打開看了第一頁之後，我就像著了迷似的，深深陷入三毛遙遠的沙漠世界中，沒多久就地把整本書看完了。看完一次還不夠，我從頭再把它看兩次三次。到目前為

人物造型很特別的瑪法達，雖是個小孩但卻常常說出很大人，帶著政治反諷的話語。

止，這是少數一本我可以反覆閱讀，但每次都能一樣愛不釋手的書。三毛的文字有奇特的迷人之處，那個年代近乎遙不可及的撒哈拉沙漠在她筆下有一種完全令人無法抵抗的吸引力。那時候沒有Google，我不知道撒哈拉沙漠和西班牙在哪裡，也無法去搜尋這個寫出動人故事的傳奇長髮女子還有什麼其他作品。後來姊姊們不知道從哪裡帶回來一套三毛翻譯的《娃娃看天下——瑪法達的世界》阿根廷漫畫書，每天放學後寫完功課就捧著讀。我對裡面每個角色的造型和動作都深深著迷。一樣是那個年代，一樣是「給大人看的漫畫書」，但這講著中文的阿根廷娃娃們對我來說卻比《老夫子》更有一種神祕的吸引力。（《娃娃看天下——瑪法達的世界》裡的主角雖然都是小孩，但他們講出來的話很多是反映社會問題，帶有政治性諷刺口吻的。和《老夫子》一樣很明顯的是畫給大人看的漫畫書。）

三毛的書對那時候經常無聊到不知如何是好的我，就像是提供了精神遨遊的出口，我著迷了好一陣子，但始終對她的生平毫無認識。後來念中學時聽到她自縊身亡的新聞，才猛然驚覺原來她是一個真實的存在，不是腦袋中那個遙不可及，是真是假都不太確定的奇幻女子。

有人說，三毛的故事並非真實，很多是她改編或加油添醋過的。有人說她和荷西之間的愛情，其實千瘡百孔，並不是像書裡寫的那樣完美夢幻。但我認為文學就是文學，從未有人規定過文學一定要以事實作為基礎，甚至連她自己都曾說：「三毛是三毛，我是我，你們都被我騙了。」她寫出來的故事奇幻而百讀不厭，對我來說才是重點。（後來有一位嫁給法國人，定居在泰國的部落客，被爆料造假，但是她造假卻硬說是真的，重點是還抄襲，這情況可又是另一回事。文學可以是虛構的，但抄襲就萬萬不行了。）就像韓國巨星歌手ＧＤ也曾說權志龍是權志龍，ＧＤ是ＧＤ，兩個是不一樣的人，但這並不減少大家對他的喜愛。這樣比較會太跳tone嗎？

藍裙橘帽的日子

Part 2.

排路隊

小一上學第一天，被媽媽囑咐要帶我去上學的姊姊一早就警告我：「時間一到我們就會走了，妳自己要準備好，我們是不會等妳喔。」我有聽跟沒聽一樣，因為根本沒什麼概念幾點該吃完早餐、刷好牙、穿好衣服鞋子，於是悠哉悠哉照自己的節奏來，結果連衣服鞋子都還沒穿好，姊姊就忽然宣布要走出家門了。我嚇一跳趕緊喊：「等我一下！」但她們果然說到做到，毫不留情地走了。於是我只好趕緊把衣服塞一塞，書包抓起來趕快跟在後面追著跑。那是第一次感受到對出門時間的精準不容置疑，也體會到就算是親姊姊也會翻臉不認人，因為她們自己也有上學需要絕對準時的壓力。

經過震撼教育，就知道原來該自己掌握時間，皮得繃緊一點，起床吃飯刷牙穿衣到準時上學不再是問題。可是以後每天放學回家的路程卻是整個小學期間很大的心理壓力，而且是日復一日的，即使當時從來沒有跟爸媽提起。因為我和大多數同年代的小孩一樣，懂得把自己管好，不要去惹大人麻煩，是當小孩的基本要求。

國小放學會排路隊，家裡住在同一條路的，排一個路隊一起走，就是當時對安全所能做的極致，很少有爸爸媽媽會到校門口親自接送。雖然跟我住同一條大馬路的同班同學不少，但他們偏偏都住在大馬路的另一邊，於是他們那一邊有一個很完整的隊伍。至於我這邊的，過了校門口的大馬路後，就只剩我和兩三個同學，他們家又幾步路就到了，於是在出校門後，我總是立刻呈現孤獨一人回家的狀態。自己走回家其實還好，討厭的是我們那個鎮上有很多經常在街頭閒晃的的「肖年ㄝ」（年輕人），造成幼年女孩不該有的心理壓力。他們不一定是幫派，但就是看起來很不正經的年輕人，很愛對我開玩笑。這些人有的是國高中生，有的是也許已經沒上學在街頭遊蕩的小混混。他們看我落單一個人，就常常會出聲調戲，不管是吹口哨、講嘲弄的字眼，有的甚至會騎車經過我身邊，講一些國小女生實在不該聽到的色情暴力言語。

因為是幾乎每天都要面對的事，我對他們是否會造成立即性的傷害大概能有個判斷。多數的時候只要裝作沒聽到就能無事，但有一次看情勢不對，騎車經過我身邊那個男生不只出言調戲，見我不理，他越是挑釁，還吹口哨叫了一些朋友準備要圍過來，我知道這次不是裝酷就能解決的了，於是立刻閃進路邊一家每天都會經過的理髮店，打電話叫媽媽來救我。媽媽接到電話也不驚訝，幾分鐘後把我從理髮店接出來，騎著腳踏車載我回家。路上她什麼也沒問，也不好奇到底是發生什麼事，一絲絲也沒有擔心的樣子。回家之後，就立刻開始做她的事。對這件事記得很清楚，也許是因為我感覺很失落，平常需要每天都很堅強，結果有一天堅強不下去，需要求救於媽媽，希望能藉此機會跟她訴苦一下平常放學需要面對調戲的心理壓力，結果媽媽根本沒有要問的意思。

後來大姊離家去台北上大學，放假回家時我和她談及此事，她說在台北就不會這樣。我很驚訝，因為被戲弄是每天都不得不面對的生存壓力，所以很難想像有一天可以走在馬路上不用擔心被流氓調侃的輕鬆，「那會是多麼自在的生活啊」！真的曾經這樣幻想過。之後上台北找大姊，發現台北街頭人來人往，大家行路匆忙，沒有人有空，也沒有小混混會光明正大對一個年輕女孩出粗口嘲弄。倘若這事真要發生的話，也有很多店家可以躲。這個發現，是那時我覺得台北城與台南鄉間小鎮最大的不同（雖然這應該不是一般大家認知裡台北和台南最大的差異）。

現在自己也當了媽媽，時不時會假想女兒可能會遇到的危險，自己嚇自己地擔憂起來，也無法想像每天上下學都被騷擾這種事發生在女兒身上。但從正面思考，那時我反而因為媽媽這樣輕鬆的態度，覺得一切只能靠自己，因此對放學回家周遭的人充滿警戒，也從小就練就成一副很酷的臉，還有「假裝沒在看，但是明明有在看」的技巧，這種自我防備的技能是日後在各地旅遊，在陌生城市闖闖或不得已得「走夜路」時非常重要的求生術啊。話雖如此，我期待有一天這個社會能給女性多一點尊重和保障。沒有人應該因為身為女性就得從小面對這種騷擾、壓力甚至生命危險。

手帕指甲衛生紙

小學時最討厭檢查手帕指甲和衛生紙。這些東西通常是一星期檢查一次，而且是在升旗的時候檢查，完全沒辦法從書包或抽屜中搜尋緊急庫存。沒帶衛生紙還有得救，同學從家裡廁所帶出來的平版衛生紙四、五張折成的小四方形，打開後可以分給好幾個朋友，有時候不得已還得一張撕成半張，折一折讓老師看不出來。至於手帕，幾乎從來不用，帶著上學的目的完全是用來應付檢查的。一條手帕從開學放在口袋裡，洗衣服的時候連拿都不用拿出來，洗完曬乾以後還是乖乖躺在裙子口袋裡，遇到檢查時手放進口袋撈一撈，發現裡面有乾扁扁的手帕時不禁為自己的幸運開心。比起衛生紙會用完，而且裙子脫下來洗時如果忘記掏出來，一家大小的衣服都得黏上一層白色雪花，手帕沒有這些問題。但若手帕不幸在洗衣服過程中掉出來，媽媽又沒幫我塞回裙子口袋的話，那就剉賽了。手帕不可能跟旁邊的人要，因為沒有人會帶兩條。

所有檢查項目中，我最怕的是檢查指甲。一向不喜歡把指甲剪到白色完全不見，因為我的指甲跟手指肉黏在一起那部分有一塊薄薄的組織（什麼啊？太難解釋，請看圖示）若指甲要剪到完全不留白，那層肉會產生分離現

手指尖的這層薄肉讓我無法像一般人把指甲剪到底。光是用想的就要頭皮發麻！

象，非常敏感。但這種事當然沒勇氣跟老師爭辯，因此我的指甲長度經常是在過關與不過關之間游離。也就是說，檢查的老師會在經過我時原本要走掉之際又轉過來在我十隻撐開的手指上猶豫盤旋。不過基於平常都是乖寶寶的表現，成績又不錯，老師通常會睜一隻眼閉一隻眼。那時候就很懷疑，我的指甲雖然長了一點，但總是乾淨的；手帕雖然都帶著，但從來沒用過；衛生紙雖過關了，但只有半張，根本不夠用。所以檢查這些東西的用意究竟是什麼，我一直不懂，但也一直沒膽質疑。

參考書和課外讀物

整個學生時代都是個百分百的書呆子。還在念幼稚園時，因為無聊就看了好幾本很厚的精裝本格林童話和一整套國外名著翻譯，因此還沒上小學前就已經認識大部分的國字。上了國小後不只愛看課外書，連學校的課本和參考書也愛。每個學期開始要發新課本時，我都很期待。拿到新課本就迫不及待打開看這一學的新課文是什麼，看得津津有味。老公聽我回想以前的事，總是忍不住說我是「a nerd with no life」（沒有人生的書呆子）。書呆子的程度，不只愛看新課本，連去書局時，看到琳瑯滿目，學校沒有的各家參考書，就興奮得像發現糖果的螞蟻。眼睛像觸角一樣東聞聞西瞧瞧，兩隻手也不得閒，看到什麼學校沒買的版本就拿起來翻，互相比較對照看看各家內容題型字體大小。然後一邊想像如果買了這一本，會不會讀到別人不會的題目，然後考試剛好考到，多賺個兩分。

最喜歡的是，考完第三次月考到放長假中間總會有一兩天是老師改考卷算成績的日子。那幾天不上正課，是一年中很難得的自由日。老師會叫我們帶課外書到學校看，自己的看完了就跟朋友交換。那時候看了一本故事書令我記憶深刻，講一個小女孩在百貨公司關門後不小心被獨自一人留在那裡，

因為鬼怪故事書，此後看到穿著全身白色傳統禮服的日本新娘就想到女鬼。

於是整個百貨公司在那一晚都變成專屬她的遊樂場。有好吃的食物、好玩的玩具，累了還能躺在鋪著漂漂亮亮床單的展示床上睡一晚好覺。那個故事讓我到現在去逛百貨公司時都還會想起來，幻想自己會不會也有那小女孩的好運，不小心被關在那裡一晚。

學校每個學期結束前也會頒發圖書禮卷給平常表現良好的學生。有次用禮卷買了一本給國小兒童看的日本鬼怪故事。超沒膽又容易受驚嚇的我，雖然不太敢看，但瞧姊姊們都念得津津有味的，就受不了誘惑。那一本書裡介紹了好幾個鬼故事，都是日本古代民間的傳說。書裡描述他們生活和習俗的一字一句，對那時候很少接觸日本文化的我算是大開眼界。加上每個故事有很多插圖，對每一種鬼的樣子都畫得很仔細，例如一個跳上年輕人的背就不肯下來的老奶奶鬼、居住在山林裡半夜會出來吃人的女鬼，這些鬼的服裝都是日本傳統服飾，有點像我們的殭屍是穿著清朝衣服一樣的道理。其中有一個印象特別深的是穿著美麗和服的日本女鬼。我從小喜歡塗鴉，對插圖中長白脖子微露，頭上頂著前端折成微尖白色絲綢婚禮帽的絕美女鬼常常看得出神，一邊覺得很漂亮，一邊又有點害怕，長大以後再看到穿著那樣傳統服飾結婚的日本女生的照片，都不由自主地想到女鬼，暗地裡抖一下。

除了那些比較正經的兒童圖書，那也是曾經短暫沉迷於漫畫書的年代。向同學借來的《尼羅河女兒》，場景設定在遙遠神祕的埃及，故事輾轉多折又浪漫，女主角可愛漂亮，妝很濃的埃及王則如男神般俊美，在小女孩的心裡編織了許多幻想；而用看似無聊的釣魚主題畫出一整套漫畫書的《天才小釣手》，不僅不無趣，反而開啟我的視野，開始神往日本的山谷溪流，以及沒吃過但看起來超美味的烤香魚；至於超級無厘頭，好笑中還帶一點限制級的《稻中桌球社》是到國中時聽男生邊笑邊說才知道的，借來看了幾本，裡面低級的「露球」畫面真是令清純的女學生大開眼界！

我也熱愛每個禮拜會收到一本的《電視周刊》。裡面除了有電視節目的時間、節目內容和新訊之外，還有大家最喜歡看的明星演出幕後花絮和個人生活，算是當時最接近八卦雜誌的出版品了。內容尤其愛報導港星資訊，潘迎紫、劉德華、成龍啊，總是形容他們很敬業，為了拍片上山下海的，嚴冬酷暑都不會抱怨之類的。除了他們的工作，更喜歡看的是明星的八卦，想像他們下了節目也是一般正常人，也是要談戀愛傳緋聞。我把《電視周刊》當成課外讀物，很有休閒效果，很沒營養的那種。

說到明星的緋聞，小時候知名的港星萬梓良和恬妞剛公開戀情，兩個人一起出現時整個都是粉紅泡泡，愛得很高調。記憶很深刻有一次這對情侶接受電視採訪，主持人問萬梓良他愛恬妞的什麼地方？萬先生整個眼睛都是愛心地看著恬小姐說：「我愛她的全部。」然後恬妞也甜滋滋地談起他們剛認識後不久，她生了一場大病，萬梓良仔細貼心地隨身照顧她，讓她很感動，覺得就是這個人了。還是小孩沒談過戀愛的我，當時覺得他們這樣好甜蜜好感人啊！沒想到過了幾年之後他們就離婚了……大人世界中很現實的一面跟童話故事裡的根本不一樣：原來戀愛跟結婚相處一輩子是兩回事啊！直到現在韓星雙宋CP美好的王子與公主故事結局變樣，替他們覺得可惜之餘，我還是會想起小時候看到的這一對港星，感嘆人世間「無常」才是唯一亙古不變的，以及，原來看明星八卦也能體會人生的道理，並不是完全沒營養啊！

畫畫與躲避球

小時候在家沒事做，最便宜的娛樂之一便是自己拿著鉛筆塗鴉。那時候對漫畫式的女生最有興趣，每天不停畫著眼睛裡好幾顆亮晶晶珍珠狀的美女，配上各種不同的髮型、手的姿勢和夢幻的服裝穿搭。

六年級的時候，級任老師發現我好像滿會畫畫的，於是有時候會叫我中午不用午睡，幫他把國語課本裡的插圖畫到圖畫紙上去，好貼在教室後面的布告欄當教室布置。其實我是個愛睡覺的小孩，中午得到特赦「不用睡」，並不像其他同學一樣覺得開心，反而還會覺得很睏，但是難得被交付重大任務，又是做喜歡做的事，當然會欣然答應（其實老師也沒有要問我意願的意思）。這大概是我在學校跟畫畫最貼近的時間。仔細回想，國小時老師除了叫我們做一些簡單的勞作之外，繪畫方面最多就是拿彩色筆畫圖，大家畫出來的通常就是跟台灣房子一點都不像的三角屋、或畫學校、畫想像中的鄉村景色或最喜歡的動物這種有點僵硬呆板的題材。到了六年級老師會讓我們做一次用彩色蛋殼碎片拼貼出鳥的圖案，整個國小六年都在期待這一堂唯一不太一樣的美術課。上了國中高中以後更慘，課表上雖然有美術課，但實質上根本就沒有，老師通常都是放影片給我們看或者自習。不知道這個年代我的母校在術科教學有沒有認真一點？

反觀現在我兒子女兒在英國小學的美術課，內容豐富廣泛而且深入，他們做雕塑、臨摹梵谷的《星空》、學習秀拉的點彩畫，或創造自己的普普藝術，每每都讓我對童年的自己在求學過程中沒有接觸到這些東西感到可惜。有次去他們學校的美術教室借材料，櫃子裡滿滿的水彩、粉蠟筆、壓克力、油彩。我轉頭問老師有沒有彩色筆？她說沒有喔，美術課用彩色筆畫畫就不叫美術課了啊！我聽了一驚，好奇自己童年的美術教育，到底跟他們差了多少？

常常想像假如我的教育過程中能有多一點美術、音樂或工藝的學習，就算不會比較成功，至少也會長成一個比現在有意思的人。學校也不一定要限定於教孩子們西洋畫法或欣賞西洋畫家。如果台灣的學校能帶孩子認識像陳澄波、顏水龍、陳進這樣的本土畫家，或者除了書法還能分享國畫或水彩，膠彩技法或賞析，不也是對學生心靈、藝術以及本土文化的認知有很大的啟發嗎？真心期待「五育均衡」有一天能成為一個名副其實的口號。

不只美育沒有得到該有的重視，我的國小體育課印象中也只有躲避球。無奈我真心討厭躲避球，也很懷疑躲避球的教育功能：對著同學拿球猛K，越大力越好？現在想起來，我對球類不可理喻的恐懼應該就是從那時候開始，至今都好不了，導致現在被兒子要求跟他玩丟接時，儘管每次都鼓起勇氣要伸手去接，但快碰到時還是會無法克制地尖叫逃跑。小時候他丟軟的球我不怕，還能跟他玩，現在他玩的是橄欖球，因為青少年力氣變大，橄欖球丟起來又快又硬，於是我常在很孬的尖叫聲中硬是把橄欖球玩成了躲避球。

最近碰巧聽到不少成年人回憶起小時候的躲避球，發現我並不是唯一一個痛恨它的人。我知道躲避球大概是一個老師很不用費心教學的球類運動，組好隊後全班就能自己開始互相殘殺到最後，直到下課鐘響。但球類運動有很多，足球籃球棒球網球桌球羽毛球，都不是以攻擊同學為主旨的運動，相對之下，強化學童的肢體協調和心肺功能的作用也比躲避球很多。不知道現在的國小體育課是否已變得更多元、廣泛納入這些可以陪伴學生一輩子、成為永久興趣的球類技能？

關於美育的題外話

越長大越發現，美這件事，其實是從生活中培養出來的東西。假如學校的建築本身、教室的布置，使用的材質都能有種簡單素雅的美感，相信學生就能在潛移默化中培養對美的感受。但是傳統社會教條喜歡對孩子施予一種「你們要能吃苦耐勞、忍受不好的環境、不要抱怨」的勸導；廁所老舊骯髒，老師要小孩不要只會挑剔，因為比起第三世界國家有廁所能上就該覺得幸運。學生若抱怨，難免得面對一串類似「連這麼一點辛苦都不能忍受，將來怎麼做大事」，「你是公主病嗎」，或是「天將降大任於斯人也必先……」的訓話，但哪個大人自己不是偏好乾淨美好的事物？哪個大人不喜歡在舒適的環境中做事？就像大家走進設計簡單時尚北歐風的飯店，都立即有一股清新舒爽的感覺；但走進空氣中飄著奇異氣味，床上鋪著花花綠綠毛毯提供便宜「休息」的旅店，自然覺得渾身不適是一樣的道理。這些長官讓我想起德國詩人海涅的名句：「他們私底下飲酒，卻公開地讚美水。」

我並非鼓吹一定要在舒適中的環境才能生存，當然培養小孩在困境中的生存力也是很重要的，但並非因此我們就都得生活在骯髒老舊炎熱不適的生活環境中，喜歡舒適喜歡美是人性。教育經費的發放本身是一件很大的工程，我無能批評，只是希望在可得的資源中，創造出舒適宜人的生活環境讓小孩成長學習而已。假如把原本就該發放的經費，或者多計畫一點經費，讓學校本身的硬體成為培養孩子美感的地方，而不只是美術課才能學習「美」而已，豈不是一件很美好的事？再說選用設計簡單樸實的材質和風格在長遠的眼光看來，未必比較花錢。例如，遊戲器材捨棄塑膠材質，選擇禁得起風吹雨曬、無毒又兼具美感的木材，反而可以用得比較久。老舊骯髒的廁所若能適時修繕，給予拉皮，選用簡單乾淨的素色，相信每個孩子都會立即神清氣爽起來。而選用品質高一點的材質（再次捨棄容易變老舊的塑化材質），耐用不易損壞，長久下來容易維修，使用期長，CP值可能還比較高。我看過很多公立國小的廁所老舊髒亂，異味又濃厚得嚇人，常常替需要每天使用的小朋友覺得心驚。上網研究一下，近年來政府的確有發放很多經費讓國小廁所翻新，但看了幾個廁所翻新的學校，大多落入小朋友的東西一定要很可愛、五顏六色，或者要有某種教學用途的窠臼。在我看來，廁所簡單明亮乾淨素雅即可，未必要多可愛，色彩越多樣越鮮豔反而失去了舒爽感，更不用說用久了髒了之後難以清潔，也不容易更新，不像清新的白色或灰色簡單的油漆就可以煥然一新。（例如新竹南隘國小廁所更新得明亮素雅又結合當地草編藝術，就很令人欣賞。）

台灣很美，這點毋庸置疑，但在市區一眼望去會說街景很美的地方並不多，反倒是雜亂老舊為主要印象。台灣人很講究新才是好，是因為每棟新大樓不到幾年就變得老舊，反觀歐洲卻是越老的房子越美，也許這提醒我們在材質使用的認知上是不是出了什麼問題？或許捨棄貪小便宜和短視近利，對美的提升會有很大的幫助。

書法班長和排球轉學生

中年級時，我們的班長是級任老師的女兒，也是個白皙濃眉天生紅唇的小美女。她不只漂亮，連儀態和舉止都似乎比我們優雅。除了有外貌，班長還身懷絕技——專精書法。國小的時候總是有很多校外書法比賽，通常只要班長一出馬，沒有不拿個冠軍或亞軍回來的，因此大家都很崇拜她。那時候整個又黑又乾又瘦，又完全沒有任何才藝的我，常常望著她，感受到人天生的不平等。我相信自己已經完全輸在起跑點，我倆的人生應該完全沒有交集，相信班長在以後人生大放異彩時，我只有在遙遠的背後羨慕讚賞的份吧。

後來大學畢業好幾年，回到家裡鎮上的一家銀行辦事，叫到號碼時走上前，赫然看見窗口內坐著的人竟是那好久沒見，有點相似卻又不太一樣的濃眉蘋果臉，我往桌上立著的名牌迅速瞄了一眼，真的是那個名字沒錯，感覺好像被雷打到一樣。但班長並沒有認出我，完全把我當客人來招待。我想也是，她應該不會記得國小班上那個毫不起眼的小黑乾女生吧。於是我只是站在櫃檯前默默看著她低頭寫單子，一邊掙扎著要不要跟她說些什麼。然後她抬起頭對我這個客人客氣地說：「這樣就好了喔。」我對她說聲謝謝，就走了。

出了銀行後，站在門口呆了好一會兒，一種歷經人生滄桑的錯覺。曾經令我很羨慕的班長，現在卻是坐在家裡小鎮上銀行裡的櫃員，雖然那是很多台灣爸媽心中理想的職業，但卻是我年輕時急於逃脫的囚牢，和我幻想要過的精彩人生完全是在光譜的另一極端。那時我偷偷慶幸，心想還好我現在過的生活比班長有趣多了！

十幾年後，已步入中年的我，想起這件事時，才發現自己實在太莫名其妙地自我感覺良好了吧？現在的確離家十萬八千里，住在以前以為會很美好的國家了，反而常常在這個永遠感覺是異鄉的地方，幻想著跟爸媽住很近、單純踏實的生活。像盧廣仲〈不想去遠方〉的歌詞一樣：只想待在家陪你說說話，然後一些生命就這樣平安的消耗。人生總是得繞了一圈才發現，生活沒有所謂永遠的好，也沒有永遠的壞；以前想要的，未必是現在想要的。每個人有自己的旅程，不用太羨慕別人，更不用沾沾自喜。

另一個印象深刻的國小同學，也是個小美女。升六年級時，有一個身高快一百六十的轉學生轉來，聽說她在以前的學校是打排球的。不只高又瘦，大大微雙的眼睛、清清秀秀，皮膚很白，還長了很像外國小孩才有的淡咖啡色雀斑，留著俐落耳下天生褐色的中短髮。她不只漂亮，個性也很好，於是一轉來我們班就立刻成了熱門學生，男生女生都喜歡跟她玩。因為長得高，她總是坐在最後一排。對於每次都因為矮而被老師安排坐第一桌或第二桌的我，總是無比羨慕能坐在最後面的人。尤其到六年級還長得像三年級的我，在大家眼裡一直都是個小妹妹。雖然我們一樣年紀，但跟前排桌子的那些小朋友比起來，他們很明顯就是「大人樣」，若有似無的男生愛女生、女生愛男生也只會出現在後面那幾桌，跟我們前面幾排的「小朋友」完全沒關係。自從陳同學轉來我們班以後，「某某某」喜歡「陳××」、「某某某」想跟「陳××」結婚，這些幼稚的嘲弄語句總是在下課時間像打地鼠機器一樣，偶爾這裡冒出一個頭，偶爾那裡交頭接耳，被講的男生不是害羞臉紅不語，就是見笑轉生氣，追著大嘴巴拳槌攻擊。那時在班上我有點欣賞的男生聽說也是「陳××」暗戀團員之一，讓我心裡有點難過，不過我也喜歡陳同學呀，個性好的美女誰不愛呢？（純友情啦！）雖然和她同班只有短短一年，卻成為我小學回憶中屢屢想起的一部分。

保密防諜和演講比賽

國小時學校常常宣導：「保密防諜，人人有責。」那是一個全國從上到下積極反共的年代。好，假如這是大人要求我們展示愛國的表現，要我們保密，那當然可以。但是小小的內心一直有一個疑問，就是：這個很需要保護

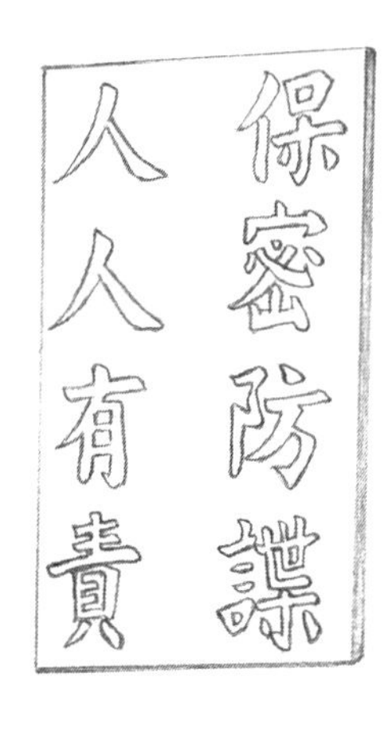

校園裡處處可見的標語，提醒學生隨時小心身邊的匪諜。

的祕密，究竟是什麼啊？為了這個疑問我問了哥哥、姊姊、爸爸、媽媽，但他們每個都是很含糊地帶過去，說就是國家機密啊，但一個小學生要怎麼知道什麼國家機密嘛！而且國家機密到底是什麼東西呀！除了保密防諜，還有另外一個常見的宣傳標語是「小心！匪諜就在你身邊！」驚嘆號的口吻弄得人膽戰心驚的。但是我也很好奇，假設身邊真的有個匪諜出現了，他逼我講出那個祕密的話，還真的不知道要跟他說什麼呢？

為了表示學校有很認真推廣反共復國，老師最喜歡我們把這個主題寫進作文裡，不管作文題目是什麼，結尾最好都是：「我會好好努力，將來做個有用的人，光復大陸，解放同胞，讓他們不用再過著吃樹皮，啃樹根的日子。」

當時的演講比賽，和北韓小朋友的表演姿態有異曲同工之妙。每個孩子一上台，開頭一定都是制式的，帶點不符合年齡的氣勢說：「各位老師，各位評審，大家好，今天我要演講的題目是……」而且通常是類似：「最有意義的一件事」或「我的夢想」之類正經八百的題目。

小時候我內向閉俗（現在也是，只是被社會化了一點），身為五個小孩裡最小的，哥哥姊姊小學時不是被選去當班長就是副班長，只有我什麼都沒當過。有些教過我兄姊的級任老師教到我的時候，誤以為我也是個當班長的料，結果過不久就會發現「你怎麼那麼不像你們家的小孩」！不管老師是否有直接講出來，我都感受到了他們心裡的OS。我不喜歡成為焦點，雖然成績好、會考試，但其他事務上很沒用，只喜歡當一個默默觀察者。有次被老師選去當總務股長，雖然算是最不用出來「拋頭露面」的，結果發現要催繳班費，還得管各種開銷，若是最後金額不對也會被搞到壓力很大，於是默默對自己發誓以後什麼長都不要當最好。這樣閉俗害羞的人，小三時卻被老師派去參加演講比賽。她覺得我是塊璞玉，雖然看起來不怎麼樣，但給予機會多加磨練一定會更好。被老師推派是沒有什麼推辭餘地的，只好乖乖寫了講稿，苦背好幾天。到了比賽當天正式上場，只講到前面的「各位老師，各位評審大家好」時，就感覺到血液在血管裡橫衝直撞，耳朵聽得到整個胸口砰砰跳的聲音，兩隻腳也很明顯地皮皮挫，我知道我抖得很明顯，因為台下老師們臉上一一出現一抹同情中又忍不住的笑意。

後來發現我最適合的就是不用出聲，默默地寫字就好的那種工作，所以五六年級時常常被老師分配當開班會時寫班會紀錄的人。比賽的話，那種不用站在大家面前、不用講話，只要看書多準備就可以參加的字音字形比賽最適合，而我也果真在字音字形大放異彩。所以每個人真的都是要找到最適合自己的路走，走起來最暢快最發光啊！

關於內向者的題外話

不是說內向安靜的人只能做文書或次要的工作，這幾年美國出版的幾本書，如：《安靜，就是力量：內向者如何發揮積極的力量！》（*Quiet: The Power of Introverts in a World That Can't Stop Talking*）、《安靜的力量，從小就看得見》（*Quiet Power: The Secret Strengths of Introverts*）等等，帶來天翻地覆的衝擊，打破的是大家普遍被教育個性要外向才能成功的概念，說明內向者其實具備的創造力和執行力並不低於外向者，只是偏好的工作模式不同。內向者在獨處時較能有效率地完成工作，外向者則相反。這個理論和新發現肯定為天下無數內向者帶來巨大的精神安慰：我們內向，但我們沒有錯，不需要急著改變自己，不用勉強自己假裝外向愛交遊，不必為自己的性格覺得可恥，覺得需要朝外向者的特質修改。

如上列書籍所示，沉靜內向者也非常具備領導的能力，這兩者並不衝突。甚至很多例子顯示，沉靜者帶領出來的團隊，常常會比外向領導者的團隊還要有想像力和執行力。很多只會講話大聲、喊口號，看起來好像很有領導力但實際仔細去聽卻內容空洞或錯誤百出，雖然因為作風強勢、盛氣凌人被選民誤以為等於有領導能力，但事實證明這兩者並不相等。從這次也疫情也顯示出，安靜、沉穩的國家領導人（而且剛好大多是女性）通常比說話大聲的領導人表現得好幾百倍。

英國BBC有一部愛爾蘭小說改編的影集《Normal People》，男主角在上了大學後接觸了很多能言善道，充滿自信的同學，也被迫面對心裡脆弱不安的一面。有一次他對女主角難過地坦言說他感覺自己「walking around trying 100 different versions of myself.」（到處嘗試著一百種不同版本的自己）聽到這句話的時候我的內心就是三個驚嘆號！直接說到心坎裡去。雖然這整部影集都相當觸動人心，但回想起來就最記得這句話。不知道別人是不是也都是如此，但在社交場合，我的確常常有這種感覺，而這是一種隨時和內心的自己交戰的狀態。有人能用這個說法來形容，感覺是赤裸的坦承。直到過了中年，終於漸漸了解自己，也漸漸能舒心地做自己。

妳不要跟他同一國

小學時有個所謂的「死黨」，常常一下子喜歡我，帶好東西來和我分享，下課拉著我一起玩，但隔天又把我丟到旁邊不理不睬，而且在我面前大力地向別的同學示好，展現她和別人濃密的友誼。一開始她忽然不跟我好的時候，我會莫名其妙，急著想知道究竟她為什麼忽然不理我，也急著想討好，想找回被她當好朋友的美好感覺。但後來發生得太過頻繁，也從旁敲側擊中知道原來我不是唯一被她這樣對待的人。身邊幾個朋友，也常常很莫名其妙為什麼這個人可以前一天跟她好，隔天又被當空氣。從別人口中知道，她每次不理我都是因為一些雞毛蒜皮，我無惡意，對她也無造成實際傷害的小事，例如下課時我跟別的女生玩。知道原因後，心得就是「厚～怎麼這麼無聊」！幾年下來，因為她的「訓練」，我發現這樣對待別人的人，實在不值得刻意去討好。她不理我，我就去找別的樂子玩。她回過頭來跟我好，我就也跟她玩一下，但從此我會在心裡標記她是這樣的人，不會再掏心剖腹用真情真心相對。

很多女性同胞在人生中都會遇到這樣的「朋友」。老實說我也很感謝在國小時就遇到這樣的人，她教會我許多將來長大會面對到的人際問題。因為長大後，甚至是到了中年，也遇過一兩次這樣的事，但因為已經有被訓練過，就知道該如何應對，不再努力自責。若是真的有得罪到別人或是有誤會，大家講清楚說明白，握手言歡便可。若是要繼續擺高姿態，在我面前熱烈奮力地表現她跟別人有多好，想藉此孤立我的時候，那我可是根本不想理睬，可以直接離席而去，謝謝以後不用再見面。因為相信以我們心理的成熟度，是可以超越美國高中生連續劇劇情的。女生之間的勾心鬥角，我一點都不感興趣。

小學時除了要自己處理小女生那些「我不跟你同一國了」的麻煩事，也和暴力擦身而過幾次。某天放學時隔壁班男生跑來我面前說要打我，但嘴裡叫的卻是班上另一位女同學的名字，我才發現原來在別人眼裡我長得很像班上那一位女生。不曉得那個女同學跟隔壁男生是怎麼結下樑子的，雖然很清楚他們找錯人了，可是我卻什麼都沒說，裝作沒聽到就往旁邊走，幸好他們沒有再追上來。後來同樣的事發生好幾次，我都一樣冷處理，現在想起來命還挺大的！即使自己覺得跟那位女同學長得根本一點都不像，但還是很心痛地發現我毫無疑問的就是大眾臉，能怎麼辦呢？

我在仿冒公司上班

當媽媽以後總覺得小孩精力太過旺盛，一但在家閒置太久沒帶他們出去閒晃，或是能做的手工、能畫的圖都已經做過一輪，難免就會來煩我，說他們很無聊不知道要幹嘛。我就常常跟他們說：你們玩具那麼多，去拿來玩啊！

「都玩過了不想玩。」

「那就自己找別的東西玩啊。你知不知道媽媽小時候是沒有玩具的？」

他們瞪大了眼睛，一副不可思議的樣子：「那妳都玩什麼啊？」

「玩水玩泥巴玩橡皮筋玩螞蟻啊！」我一口氣說出，孩子聽到最後那個「玩螞蟻」，兩個同時嘩地一聲笑出來。

「螞蟻怎麼玩啊？」

「很好玩啊，他們走路不是都一排一排的嗎？（後來想起來小孩可能連螞蟻走路要排隊都沒真正親眼看過呢！）我就會故意在隊伍中間的地上用手指抹一抹，把那看不見的味道抹掉，看他們找不到路，嚇得到處亂竄的樣子，就很好笑啊。」

孩子們聽完我的解說後笑得更大聲，哥哥已經誇張地捧著肚子倒在地上：「這樣就好玩喔？妳也太無聊了吧？」

本來以為小孩會很感動的，看他們笑成那樣真的是很無言啊。

其實自己年紀小的時候，也覺得日子是用背著石頭的龜速在爬的。長日漫漫，有上學的日子，一放了學就覺得無趣。畢飛宇說過他「最害怕永無止境的下午」。第一次讀到這個句子時，我不可置信地凝視了好久，原來這種對無事可做的下午厭煩到害怕，好像再也無法忍耐卻又無力突破的感覺，我並不孤獨。

我爸媽對無聊的小孩最常說的一句話就是「去睡覺」。好啊反正我喜歡睡，但常常過度午睡導致於睡醒後有幾秒的時間分不清是白天或晚上，起來後經常因為睡過飽而覺得很噁心想吐。想吐的程度是到我真的去站在馬桶前乾嘔，不是說說而已。這點我應該有點不太正常。

當時雖然大家都不算太有錢，但身邊很多同學都有去補習。補心算、珠算、數學、英文、鋼琴、美術都很正常。我的成績從來不用爸媽操心，因此他們從來都沒有想要叫我去補學科，至於音樂或美術類的，爸媽覺得對將來的功用不大，因此也不會列入考慮。於是只能在家無聊地虛度時光，有時候甚至很羨慕別人都能去補習，後來爸媽想到要讓我去補作文，還有點開心呢！

作文補習班在家裡同一條巷子口，上課時間是週六下午，自己就能走路去上課很方便。這樣上了好幾個學期，完全不記得老師究竟教了些什麼。每次老師短短講完一些重點，就會讓學生開始整堂寫作，寫完交上去，下堂課會寫評語。這樣的課雖不感覺有學了什麼有用的寫作技巧，但也總算是有出門去做做不一樣的事，看看不一樣的人，儘管在別人眼裡沒什麼，但那可是我初嘗獨立的一大步。印象最深刻的則是每次學期最後一堂課，老師就會請全班同學一杯加了很多冰塊的大杯可樂。平常在家根本喝不到汽水，這杯冰可樂對那個年紀的我象徵一種大人感，因此每次爸媽問我還要不要繼續上，我都說好。長大後回想，班導師每個學期末這樣花小錢鞏固學生客源的投資很值得！

在家無聊的下午如果姊姊們有空一起玩，偶爾會想像一些連續劇的劇情，一個當男主角，一個當女主角，其他配角戲分自由發揮。有點像《小婦人》裡面他們在聖誕節安排戲劇演出給爸媽看的樣子，只是我們沒那麼隆重，隨時隨地想玩，就立馬分配角色，自己研發台詞，一齣沒什麼開頭或結尾的短劇就出來了。有一次我們四姊妹玩「長大成人」的遊戲。很三八的一人拿一杯飲料（通常是牛奶），插著一根吸管，假正經地圍著桌子坐，幻想自己是一群事業有成的女人們坐在咖啡店聊天。當每個姊姊都已經講完她們閃耀著光輝的職業：律師、經理、董事長後，我也學著霸氣地說：「我在仿冒公司上班。」頓時三個姊姊們都轟然大笑。一時搞不清楚狀況，不曉得為什麼被笑。經過指點才發現，原來我想講的應該是叫「貿易公司」才對吧。

郵購

那個年代沒有網購，又因為年紀小不能也不會出去逛街，於是姊姊們不知道從哪裡帶回來的郵購這種東西，就成了生活中最早體驗到金錢消費買非民生必需品能帶來的樂趣。郵購目錄每隔幾個月就出一本新的，裡面東西價格便宜，琳瑯滿目都是中小學生最感興趣的，從文具，如特殊造型或香味原子筆、鉛筆、橡皮擦、尺、鉛筆盒等等到髮飾、錢包、明星照什麼都有。每次拿到一本新目錄時，打開時那種興奮又滿足的心情，現在想起來，大概有點類似點開購物網站首頁時的感覺。但是郵購要下單可不像網路那麼方便，要買東西得先在單子上勾選好各種項目，在家先算好全部價錢，再由大姊二姊親自去郵局跑一趟幫我們處理訂單，然後興奮地期待商品的到來。

一天一塊錢存下來的零用錢，曾經用來買了兩包香氣濃郁的漂亮玫瑰花信封和信紙，可惜真的能寫信的機會實在不多，偶爾幾次用到，一次是在升三年級時藉機寫信給二年級的老師，其他是國小畢業後寄信給以前的同學，但書信往來只維持了兩三次，以致於到現在以前房間的抽屜裡還躺著當初沒用完的信封信紙。

至於一顆一顆裝在小罐子裡賣的香香豆，也是很多小學生都愛買的熱門

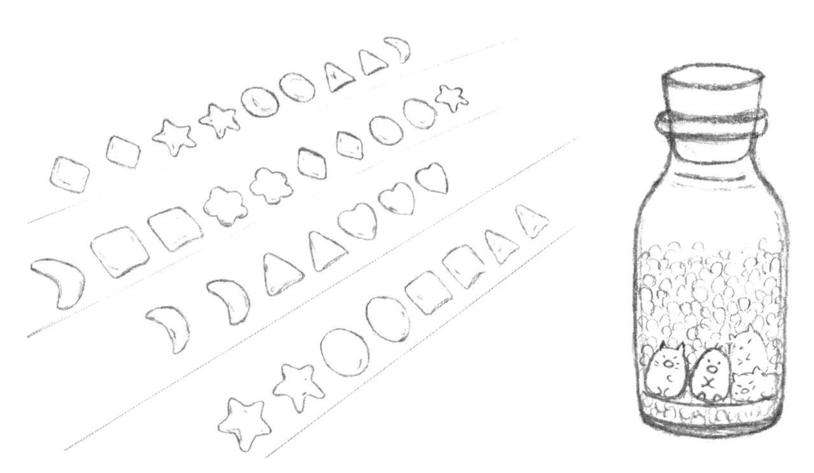

右：香香豆可以拿來放在機關很多的鉛筆盒裡，每次打開就有一種幸福感。
左：立體水晶貼紙色彩繽紛可愛，不但可以貼在圖畫紙上或書裡，也可以拿來充當耳環。

商品。我們喜歡把香香豆放在鉛筆盒裡，這樣每次打開鉛筆盒拿東西，就能聞到香香的味道，是學生時期的小確幸。鉛筆盒很流行那種硬長方形、兩邊都有磁鐵吸條可打開裝不同文具的。男生的都是機器人、鐵金剛，女生的都是漂亮大眼公主或可愛動物系列。這樣的硬盒鉛筆盒在歐美很少見到，不過似乎到現在都還很流行於台灣兒童文具界，對我來說是一種很台的親切跟回憶。另外，一大張紙上貼滿愛心、星星、月亮、鑽石、圓形、正方形各種顏色的立體水晶貼紙，不只可以拿來裝飾筆記本和圖畫紙，更愛拿來貼在耳垂上充當耳環。

除了上面那些小東西，其實郵購最重點當然是明星照囉。那時候下手買的明星照有酒井法子、中森明菜、帥死人的少年隊。雖然當時好像沒有機會看到他們熱歌勁舞，但還是特愛唸覺得饒口的日文名字：東山紀之、錦織一清、植草克秀，好像把名字背起來，就能離他們近一點。本土明星則收藏了金瑞瑤、林慧萍。除了俊男美女照片外，我們也買了幾張可愛的小貓照片。這些珍貴收藏都被我收集在一本六乘四的相簿本裡，沒事就拿出來翻閱，百看不厭。現在想想，為什麼當時那麼熱門的東西現在不流行了呢？原來在那個沒有網路的年代，想要看見讓自己開心的圖片，不能隨時上網Google，只能實際購買，真的東西拿在手上，放在抽屜，才能保證想看的時候看得到啊。

話說國小時流行的女歌星都是楊林、蔡幸娟、林慧萍、李碧華這一類所謂的「玉女明星」，頭髮一致都是剪了層次，一層一層往後捲出大波浪的及肩中長髮。她們的歌通常都搭配了瓊瑤劇或是卡拉OK帶似的風景，歌曲中間還會忽然跑出字正腔圓，像在唸詩一樣的旁白，現在想起來很令人噴飯。

後來歌壇忽然跳出了一位有個性的女歌手李明依，出了首主打歌叫〈只要是我喜歡，有什麼不可以〉。這可不得了，立刻引來軒然大波，後來還被禁播。小時候聽到這些爭論，不太能決定哪方理論比較對。一方面從小就被教育要聽話，也相信有紀律有法治的社會才有安全可言，覺得大人憂慮這首歌會帶壞小孩可能有理；一方面又覺得影視圈終於出現了一個不講求「正確」，不是個玉女的年輕歌手，是一件很新鮮的事。

這些歌星，平常都只有在電視上看到，有次一個剛出道的女歌手來我們鎮上廟前唱歌，她是我第一個在現實生活中看到，平常只會出現在電視上的人，於是印象深刻。那天台下只有寥寥幾人，長得很清純可愛的她看得出有點尷尬，後來她下來和我們這些「鄉親婦幼」握手，我也和她握了。她手冰冰的。那時在想，也許她之後有名了，我就可以跟別人炫耀這件事，但她若不成名，這也許會是我最後一次看到她。後來她果真就沒有再出唱片了，消失了一陣子後又重出江湖，主持了幾個夜間類似猜謎或風水的節目，說話走詼諧鄉土風格，和當初剛出道預設的玉女歌星風格大相逕庭。結果現在連她名字我也記不得了。

電視兒童

世界名作劇場

小時候愛看的卡通，印象最深的就是日本「世界名作劇場」電視製作團隊下的幾個西洋經典故事，像是：《湯姆歷險記》、《莎拉公主》、《清秀佳人》和《小婦人》等等，儼然是打開鄉下孩子認識西方世界的一道門。另外還有紅極一時的《小甜甜》以及受歡迎程度不相上下的《喬琪姑娘》。這兩個卡通雖然不是世界名著，但對六七年級生影響之大，也是不容置疑的。（小甜甜這名稱到現在都還有人在用呢！只是我們當初把Britney Spears硬套上小甜甜這個稱呼，讓我著實好奇了好一陣子她的名字到底哪裡出現了「甜」這個字？）透過這些卡通，看著那些褐髮碧眼的主角，餐桌上的料理總是有一盤盤濃湯和麵包，主角們坐著馬車，或是蒸汽火車進出火車站的場景，感覺好像西方世界就從那小小的電視盒裡活生生在我們面前展現。長大後不管是念了英文原著，或是真的到了西方國家旅遊或生活，還會赫然發現自己腦海中參照的畫面竟是這些卡通的場景。

頭戴帽子、赤腳走路的湯姆總是
有好多精彩的故事。

那時候台灣引進的這些卡通，每個都經典，每一個都好讓人印象深刻。也許是因為沒有幾個頻道好選，反而令人懷念那樣珍貴的電視台選擇，少沒關係，品質好就好。當然畫質不能跟現在比，但不知為何就是有種高品質感。小時候並不清楚這些影片是日本製造的，只是隱隱約約感覺這些片跟國產片不太一樣。（是說那時候好像也沒什麼台製卡通，現在好像也是!?）聽說那個年代因剛脫離殖民不久，曾經歷過國民黨政府的「去日本化」，因此不只卡通本身一定要改用國語配音，連片頭片尾也要重新作曲好搭配中文歌詞，但這是後來查的，當時並不清楚這些檯面下的政治洪流。

若是要講印象深刻，沒有什麼能比片頭和片尾曲更讓人頓發「思古之幽情」了。像是《湯姆歷險記》的片頭片尾，湯姆和哈克兩人在火紅的夕陽下追著密西西比河上的大渡輪，一直追一直追；或是他們領著一排小孩誇張地左右邁開大步一直走的畫面，配上「有一個孩子名字叫湯姆，他是一個聰明勇敢的孩子」的主題曲。另外還有小甜甜的主題曲：「有一個女孩叫甜甜，從小生長在孤兒院，還有許多小朋友，相親相愛又相憐～～」，都是家喻戶曉的名曲呢！

這些卡通有的片頭曲有國語改編，後來有些則是沿用原本的日文主題曲。兩者相較，國語改編的總是試圖往可愛、朗朗上口的方向走，而日文的原曲則通常是溫柔女性歌聲，成熟中帶點微微的憂鬱，和以小孩為主的觀眾群形成一種奇異的落差。就像晚一點流行的卡通《我們這一家》，日文原版主題曲歌詞和原本有Rap的片尾曲，其實都大人感得很！現在上網查看當時這些片頭曲，音樂一出，兒時放學後無所事事，在家期待著看西洋經典故事卡通片的心情立刻湧上胸口。聲音跟記憶的連結，真是很奇妙的東西。

除了這些很有氣質的經典名著，也引進了不少日本戰鬥卡通。像是無人不知無人不曉的《無敵鐵金鋼》。除了主角操作的鐵金鋼本人外，卡通裡最有名

每個女生都想當的三號珍珍。

的應該就是木蘭飛彈了吧。由余莎莎控制的女機器人，全身上下唯一的武器就是胸前那兩顆「木蘭飛彈」，這個名詞也從此被討厭的男生用來調戲班上女生。那時候大家只覺得有點好笑，現在想起來很訝異於那個年代竟可以如此光明正大地物化女性！

另外一個跟無敵鐵金剛很類似的counterpart，就是——飛呀飛呀的《科學小飛俠》。想到這卡通，腦袋中就會浮現某個冬陽暖暖灑下來的下午，我和姊姊們在幼稚園的溜滑梯上一個一個溜下來，大家輪流喊：我是一號鐵雄，我是二號大明，然後問題來了：我們其實每個都想當身材窈窕，身穿白色鳥型披風的漂亮三號珍珍。於是就吵了起來，剩下的四號阿丁和五號阿龍就隨風去了吧。至於卡通內容，只記得這些主角們是站在正義的一方，目標是要打敗惡魔黨。不過印象中似乎他們講的是共產黨？不記得是小孩們自己改的還是電視台改的？小小的心裡曾經很好奇，共產黨的邪惡都出現在這麼有名的卡通裡了，想必是真的很可惡吧！

至於《北海小英雄》只看了幾次，劇中小男主角小威的經典動作就是摸摸鼻子，彈個手指，然後就能想出好主意了。這齣的劇情我似乎沒怎麼跟上，不過倒是對維京人的牛角裝扮有了啟蒙。後來去了英國約克鎮的維京博物館才發現原來那個裝扮並不正確，牛角頭盔根本是後人強加附會出來的，哎！可是小威不戴牛角帽就不像小威了呀。

大黃河與繞著地球跑

說到日本引進來的影片，由日本ＮＨＫ放送和中國合拍的《大黃河》這一系列的紀錄片也非常好看。它的主題曲更厲害了，鏡頭從高空拍下來壯闊的黃河與一望無際滄桑的山陵與平原交錯，宗次郎的陶笛音樂一下，那壯闊惆悵之感什麼時候聽都覺得魂魄要被勾到天空去了。

當時因為政治關係，很少有關於中國大陸的電視節目。所以大黃河製作團隊跟著黃河一路下來拍攝沿岸居民的生活，我們大開眼界似的，終於能看到傳說中的「對岸」是怎樣的風景。對這節目內容印象最深的是農民在艱困的環境中如何自立生活，四周總是黃土茫茫，看著那遙遠的人們擠著牛奶，抱著臉被吹得紅乾乾的小孩。雖然知道他們是中國人，但卻覺得有深深的異國情調。加上《大黃河》不管在音樂和製作手法上都藏不住一股日本味，也讓我更覺得這節目是個外國節目。查了以後才知道原來在八〇年代，日本和中國曾經有一段蜜月期，所以合作拍了這個紀錄影片，而宗次郎這位音樂大師在做出《大黃河》世界名曲之前還不太有什麼名聲呢。

後來台灣終於有了自己的旅遊節目《繞著地球跑》，由兩個電視新手謝佳勳和李秀媛主持。這個節目我從第一集首播就看，一開始覺得這兩個人面對棚內鏡頭有點做作，還替她們尷尬得起了雞皮疙瘩，幸好後來主持技巧越來越好，介紹的外景內容也很令人著迷，就變成了每週必看的節目。那是個旅遊還不太開放的年代，兩個年輕女孩子亞洲、歐洲、美洲四處跑，每個景點真的是有讓人大開眼界的感覺。沒辦法，因為沒網路，除了書以外，電視就是所有課外資訊的來源。對國外的嚮往和認知在這個節目裡被大大挑動，覺得旅遊節目主持人這個工作真是太令人羨慕了啊！現在想起來，《繞著地球跑》就是《食尚玩家》的老祖先嘛。

爆米花和嘎嘎嗚啦啦

國小下課後的漫長下午，最值得期待的一件事應該就是看每天傍晚播放的兒童節目。雖然電視只有三台，但是記憶中這些兒童節目比起現在許多強裝可愛或內容空洞的兒童台節目還要優良許多。有次在學校的日記上寫到：「今天看了《嘎嘎嗚啦啦》這個節目，真的好好看喔！」寫的時候有點擔心老師會批評看電視這種事可以不用寫在日記裡。但並沒有，老師給了很正面的評語說這個節目很不錯，她也喜歡看。看到回覆時開心得很！（一般人的腦記憶力有限，照理說應該只挑重大一點的事來記，但有時候挑出來記得的無聊事還真令人驚訝，可見所謂重要的事並不一定要多驚險刺激、斑駁絢爛吧。）

《嘎嘎嗚啦啦》這個節目是由當時演藝圈很重要的兩個大咖：陶大偉和孫越主持的。如果有人不知道陶大偉是誰，他就是陶喆的爸爸；如果你也年輕到不知道陶喆是誰，那我很感動你竟然願意看這本中年婦女懷舊的書！至於孫越孫叔叔，在節目裡有一個很重要的布偶角色叫做孫小毛，聽說外型取自於孫叔叔，大大的鼻子長長的頭髮配上香腸嘴，而配音可是由後來變成王牌製作人的王偉忠配的。孫越除了《嘎嘎嗚啦啦》，他的《孫叔叔說故事》

也曾經風靡孩子圈，大受家長和小孩的歡迎。孫叔叔在電影和綜藝界都做得相當風光，之後開始投身慈善事業。他有個廣告台詞，要年輕人「夜深了，早點回家」和「夜深了，打個電話回家吧」曾經紅極一時。

話說像陶大偉和孫越這麼大咖的人，在演藝圈大放光彩之後卻願意這麼認真地投入兒童節目，在台灣這個不怎麼重視兒童節目的電視環境，是很值得令人感動的。在那個年代做這樣的事，也可以說是走在很前面的。後來Lady Gaga的流行名曲〈Bad Romance〉裡也出現「嘎嘎嗚拉拉」（gagawoolala）一模一樣的語串，只是年代不同的人，觸動到的是完全不一樣的神經。

同時期另外一個兒童節目《爆米花》，即使背景布置跟現在不能相比，經費看起來就不是很充裕，但是很有寓教於樂的效果。每個小孩都會它的主題曲：「逼逼波波逼波波，逼逼波波逼波波。爆米花爆米花，一顆玉米一朵花，兩顆玉米兩朵花，很多玉米很多花，有一顆玉米不開花。」現在看起來很簡單的歌詞，當初大家可是朗朗上口呢。這個節目在記憶中很有寓教於樂的知識性內容，一樣比現在打打殺殺的卡通或嗲聲嗲氣的兒童唱跳節目感覺豐富多了。

每日一字和三台新聞

電視開著，到了某個整點時便會開始播放一個經典的傳統國樂輕快曲子，我們就知道《每日一字》時間到了。這個節目一天教大家一個字，很有當時政府加強民眾國語程度的用意。後來的知名新聞主播李艷秋是固定主持人之一，總是穿著旗袍出現，坐姿端端正正，說起話來規規矩矩。節目一開始，張炳煌老師會把當天的字用毛筆一筆一劃書寫出來。他的楷書渾厚規整，每一筆畫寫完都像是印出來的一樣，非常夠格來寫「教育部頒標準字體」。書法不太好的我，總是看著他寫出來的字暗中讚歎。欣賞完毛筆字後，主持人就會介紹那個字的字音字形字意、正確用法和常見的錯誤讀音或訛誤。小時候常常被派去參加字音字形比賽，自然開始對比較難或少見的國字產生被制約式的執迷，每天的每日一字便像是半娛樂的國字學習。假如那個時候有現在公視《一字千金》這個節目，我應該也會很愛看吧！

八〇年代的新聞總是圍繞著兩伊戰爭和美國總統雷根或重要的國內大事。兩伊戰爭打了好幾年，因此新聞也跟著播了好幾年。雖然對伊朗和伊拉克這兩個國家有什麼不一樣完全不清楚，但確定這絕對是國際間最重大的大事吧！而美國總統雷根和第一夫人南西也總是無時無刻出現在新聞。那時三台新聞只有照三餐播，不像現在隨時打開都看得到，所以不可能會有哪個明星開了一家新的手搖店這種不太重要的事。但隨著二十四小時的新聞流行，為了收視率逐漸「生活化」，現在每天看到的不是街頭巷尾發生的奇聞軼事，就是知名藝人的大小花邊消息。每每看到台灣的新聞八卦化，或是記者數著「一、二、三、四、五，這家店的湯包一碗總共有五顆」時，總是忍不住起雞皮疙瘩。至於偶爾難得一見的全球時事新聞，卻時常僅僅圍繞著與台灣有立即相關性的少數事件。因此每次回台灣的時候，感覺新聞台似乎總是眼界狹窄，只單方面期待世界看見台灣，也對常常出現的：「台灣的×××全世界都在看」這種感覺因自卑而自大的心理和誤導性標語特別敏感。台灣若能出現在國際場合，那當然是值得開心與報導的。只是在國外居住過，會很清楚事實上在歐美，知道台灣、對台灣略懂一二的都只限於特定人士，就算非常偶爾登上國際新聞版面，當地的台灣人（我）還會興奮地趕緊拍照留念，由此可見國外一般大眾絕非隨時都在「看著台灣」，因此每次看見這種標題，總是覺得與實情落差很大。說實際一點，很多人連台灣在哪裡都不知道。不過這點倒是不能怪別人，因為相信很多台灣人對烏克蘭、白羅斯和俄羅斯之間的恩怨、敘利亞和葉門和索馬利亞這些國家的內戰紛爭也不清楚來龍去脈，甚至這些國家的地理位置也不清楚吧!?也許想要往國際舞台走，首先要突破島民式的思想，把眼光放遠、關心世界各地大小時事與脈動，才有資格去評斷國際上對台灣處境的看法，以及如何進一步邁向國際吧。

總而言之，電視節目是商業產品，製作方向自然是跟著民眾的口味走，所以假如觀眾有知道國際新聞的渴望，那麼自然會有多一點那樣類型的節目。但另一方面也不免期待，即使國際新聞做起來沒有林志玲的婚禮或韓星訪台那麼有娛樂性，會導致投資報酬率低，還是很希望媒體能認知做新聞本業該做的事啊！

出國

第一次「出國」，是去大陸。那時剛開放台灣人到中國觀光和探親不久，爸爸總公司的團體旅遊便組了一個大陸團。平常都是爸爸在跟團，留媽媽顧家，這次卻因為經理夫人的邀約，難得出國（或出門）的媽媽便決定帶著我陪她一起參加。爸媽和經理賢伉儷是同鄉舊識的關係，因此媽媽和經理夫人便決定住同房。在車上，媽媽也會和她坐前後方便聊天。整個行程中，有個帶隊的叔叔總是特別對經理夫人嘘寒問暖，不時過來問她住得舒不舒適，吃得合不合胃口。之所以年紀還小的我會注意到這件事，是因為他從來沒問過坐在旁邊的我媽。有幾次這位叔叔甚至問經理夫人我們三個人住一間會不會不好睡？阿姨笑著說：「不會，有人一起睡有伴比較不會怕。」但那位叔叔竟然說：「好好，如果之後覺得不好睡的話，可以叫『那個小孩』去別間住，你們兩個大人睡一間就好比較不會擠。」當時雖是耳朵尖偷聽到的，但立馬覺得這位叔叔竟然能為了拍馬屁，想把一個還在念國小的小女孩跟她媽媽拆房，叫她單獨到別人房間去睡，而且還沒先問女孩本人或她媽媽，也太誇張！大人們在職場上的奉承逢迎和厚臉皮，意外成了我第一次出國旅行留下的最深刻印象。

那年代兩岸從原本堅定的「不接觸、不談判、不妥協」三不政策，演變到開放大陸觀光和探親，這可是大事一件！雖然還要經過香港當中介點減少敏感，但總算能見到神祕的對岸。我們剛抵達大陸機場時，就親眼目睹「兩岸親人團圓」的歷史畫面：在出關的時候，聽到有人從我們身後快跑衝向前，激動到撞到我們也沒說對不起，而在前面接機口等的一夥人也呼天喊地地跑上前，用幾近哀號似的哭聲相擁而泣，就和在電視新聞報導看到的一模一樣。還沒什麼人生經歷的我雖然很難想像他們當年被迫分別而相隔幾十年未能見面的心情，但那個場面的確是很震撼人。原來同樣是住在台灣，有人的親人竟然是在那個神祕的，需要隨時小心「匪諜」的大陸！他們可不是像我一樣抱著出國的心情去觀光，而是「少小離家老大回」和「回鄉探故知」啊！

行程安排去了以為《白蛇傳》裡才有的西湖和「山水甲天下」的桂林，看到很多漂亮、打了燈光的山洞鐘乳石，坐了郵船渡江，大開眼界！馬不停蹄的景點和不時的「禮品店休息站」之外，也見識到當時傳聞中「沒有門的廁所」是什麼樣子。每次女性團員在景點下車時若想上廁所，都得帶著雨傘，蹲在衛生實在有待加強的開放式洞口，把傘撐開擋住自己，盡快解決。當地人是不用遮的，他們看我們這群觀光客每人面前都撐著一朵一朵像開著花的雨傘，也覺得我們好笑，對著我們指指點點。那時看見的中國，雖然沒有像傳說中窮到要吃樹根和香蕉皮，但是沒有門的廁所的確讓人感覺到那些傳說似乎有幾分真實。

從第一次出國就體會到，旅行最有趣的地方在於：最後留下深刻印象的、對人生有啟發的，通常都不是景點本身，而是旅程中遇到的人，或在旅途時遇到的其他經歷。除了上面提到，為了奉承上司夫人而寧可犧牲別人小孩的叔叔，我也記得很清楚當時帶團的一個地陪姊姊，人長得高大健美，皮膚白裡透紅，笑起來甜美可人。當時團裡的男性成員，不管已婚未婚，特別喜歡繞著她問問題，吃飯時總想敬她兩杯酒，開開她的玩笑。當時雖然還不懂男女關係，但我總隱約感覺到男性團員中藏不住的騷動和曖昧。

情人糖

小時候家裡像一個小工廠，因為爸爸開經銷商，從總公司送來的牛奶飲料等，由爸爸請的叔叔們（我們都叫爸爸的員工們叔叔，這是親切的叫法，不是真的親叔叔）送到其他賣場或學校公司行號等。有時候牛奶快到期或過期一兩天了不能出貨，就由我們自行解決。偶爾也會有送貨過程中不小心被摔破的。狀況如果還乾淨，叔叔會帶回來，拿出乾淨的空瓶子把破掉的飲料倒進去。叔叔們和會計阿姨如果想帶回去就帶回去，不想要的我們就留著自己喝。爸媽偶爾提起怎麼我們小時候喝那麼多牛奶，也沒有長得比較高？我們就喜歡開爸媽玩笑：那是因為我們喝的都是過期的啊！

在爸爸專攻冷藏飲品之前，也曾經銷過餅乾零食類。家裡三樓堆滿一整箱一整箱的餅乾，例如芝多士、可口奶滋、洋芋片等等。當小孩的最高興的事，就是嘴饞時，只要向媽媽撒嬌幾句，為了快快打發我們，媽媽就會說：「好啦好啦。要吃什麼自己去拿。」不用去雜貨店買，只要去樓上拿就有零食吃，是一種難得的特權。

飲料公司如果進行促銷，例如買大送小，或者買牛奶送多多或布丁之類的活動，常常得由我們這裡自己進行包裝，因此家裡有一台專業的熱塑包膜

情人糖銀色的包裝紙上還有綠色藍色紅色橘色黃色多種繽紛色彩，裡面包的是薄薄一層巧克力。

機，可以把該包在一起的包在一起，再讓叔叔們載到賣場去上架。我們這些小蘿蔔頭因為時常閒閒無事，也常常被大人叫去幫忙加工包裝情人糖當做贈品。小時候只要有東西忙就很開心，從來不覺得自己被當免費童工利用！五六顆情人糖裝一袋，然後用熱塑封口機壓一下，袋口就會很神奇地合起來，變成一小包糖果袋。壓封口是我最喜歡的部分，感覺像在真正的工廠工作。老實說，那時如果告訴我長大要當工廠女工，我應該也會覺得還不錯吧。

情人糖因為有紅色心型塑膠禮盒，是那時候結婚請客很熱門的禮糖。這個糖果有很多不同顏色的包裝，但一樣的是裡面都夾了一層薄薄的巧克力。到現在都還不太確定不同顏色包裝到底是不是有不同口味？但每次偷吃時總要互相比一下誰今天吃了什麼顏色的。我們都很乖、很自制，每次「上工」只吃一兩顆，也不敢偷拿幾顆藏起來以後吃。不過吃情人糖有個煩人的小問題，就是每次在嘴巴裡含一陣子後，糖果有一些地方會開始出現中空，而上顎或舌頭就常常被這些地方刮到破洞，嚴重的話好幾天內吃東西都會覺得很「ㄒㄧㄣˊ」（不知道台語的這個字怎麼用國字寫？就是一種傷口上抹鹽的刺激痛感，你懂的）。如果告訴爸媽我們嘴巴痛的話，他們就會說是我們囡仔郎火氣太大，要煮個苦瓜湯來喝。聽了幾次後我覺得這種事還是別告訴爸媽比較好。

被月亮割耳朵

小時候流行著一個傳說：不要用手指著尖尖的月亮，不然會被割耳朵。但吹著微風的夜晚，在不停有飛蛾撲火的路燈下遊玩時，總會有一個小孩忘了這個禁忌，抬起頭望向黑暗中透著微黃的夜空，自然課已經學到的人就會立刻拿出來現學現賣，興奮地舉起食指對著那一條細細彎彎的月亮說：你看是上弦月耶！（考試每次都要考看圖寫上或下弦月好討厭！到現在好像還是分不清楚？）這時候大家紛紛抬頭，一起欣賞那發著光暈、柳葉細眉般的一彎明月。然後會有人想起：啊！糟糕，你剛剛指月亮！那個指的人就會懊惱不已，擔心又要被割耳朵了。

小時候覺得這個傳說離奇雖離奇，卻屢試不爽。有時候是不小心指的，有時候是太無聊，偏偏想驗證這個傳言的真實性，隔天起床後還真的發現耳朵出現一條紅紅的線，有點刺刺痛痛，尤其是碰到水的時候。月娘割耳朵只是意思一下，要你對她尊敬一點，嚇嚇小孩而已，因此大部分的時候不理它就自然會好。很偶爾會嚴重一點，甚至有點黃黃爛爛的感覺，這時候就不擦藥不行。會有這情形的小孩應該是除了用手指月娘，還有其他偷偷不乖的地方吧？

雖然這個傳說太不科學，現在的醫生也說了：這不是被月娘割耳朵，這叫做異位性皮膚炎或者是皮膚太乾燥引起乾裂。但是為何已經好久沒有聽說有小孩耳垂裂開一條小縫很痛的事？難怪很久沒有在小孩界或媽媽圈聽到這樣的警告。也許是現在的小孩營養都很好，皮膚也都比較滋潤，不像我們以前那樣乾燥了吧？還是現在的小孩都忙著看平板，不看月亮了呢？即使很不科學，這個專門嚇小孩的傳說也已經退流行了，但偶爾抬頭看月亮的時候，還是會想起那個神祕中帶著浪漫的傳說，於是叫自己的兒子女兒指指看，隔天他們耳朵總是好好的，也許月娘早就退休不做這種處罰小孩的事了吧。

便服日

國小五年級時，學校因應時勢，開始了星期五的便服日，讓孩子們可以不穿制服，選任何自己喜歡的便服穿去學校。老師宣布這個消息的時候，同學都歡呼起來，但我卻笑不出來。天知道，要穿便服上學對我來說是根本就是一種折磨！小時候我才沒有什麼便服呢。上學時穿制服，放學後洗完澡，再換上學校運動服或另一套乾淨的制服，隔天就這樣直接去上學，方便得很！就算在家也根本不需要穿到便服，自然而然，就根本沒有任何便服可穿。

那時候家裡經濟狀況不太好是真的，但其實也沒有拮据到沒錢買衣服，應該只是因為媽媽一直都很忙，沒有時間想到我們有這方面的需求。而我，也從來不知道小孩子是可以要求任何事情或東西的。只要媽媽沒有主動提起，壓根不會想到有任何可能可以請求大人買東西給自己。家裡就算真的有什麼便服，因為我是家裡最小的，身上穿的通常都是姊姊們穿不下，一手接一手傳下來的舊衣服，而且都是用來睡覺或在家閒晃穿的運動服。因此每到星期五，當大家都穿著花花綠綠漂漂亮亮的衣服上學時，我都硬著頭皮，穿著平常的白衣藍裙制服現身。一開始同學跟老師都會問：「欸，你怎麼不穿便服呢？」我都是回答：「啊！我忘記了。」後來這個理由已經不能再撐下去了，只好承認我沒什麼便服可穿。朋友們驚訝之餘，就沒有再問這個問題了，但我總是猜測他們一定覺得這個同學真是出奇地可憐啊！而我就算再尷尬，再怎麼討厭便服日，也始終沒有想到要跟媽媽說想買衣服這件事。對大人提出不必要的、需要花錢的請求，根本不在當時的認知範圍裡。

後來上國中時，段考完後朋友會約著去鎮上吃個剉冰，順便去逛個街。鎮上熱鬧的街也就那幾條，離我家不算很遠，但我從來沒想過可以自己出門去做些像吃冰買東西這樣的事情。吃完冰後，同學帶我去逛主幼商場那種衣服大賣場的店，那時才第一次發現衣服可以自己買，而且一件從一九九到三九九就買得到，原來自己花錢買便服的自由是有可能的，並不是登天般的難事！

雖然發現自己可以買衣服，但其實也沒那麼多零用錢可花，頂多買個一兩件就覺得很開心了。回來後還時常幻想什麼時候可以拿出來穿，可惜機會實在不多。上學時每天穿制服，週末又通常在家念書準備考試，哪有什麼場合可以穿漂亮衣服？

到高三時，準備聯考時的某個週末，媽媽很難得地自己出門去台南逛百貨公司。回來的時候她從紙袋裡拿出一件咖啡色羊毛外套，說是要給我的。我外表很冷靜地從她手中接過那件外套，但其實內心澎湃，因為媽媽買衣服給我是多麼稀有的事！後來傻傻的還因為覺得那件外套太珍貴而捨不得穿，掛在衣櫥裡偶爾就去摸摸它，或拿出來欣賞一下再放回去。那件外套，在我心中從來都不只是一件衣物而已。

畢業紀念冊

小六到了快要畢業的季節，大家都會去書局買一本紀念冊，下課時就傳來傳去輪流簽上灑狗血的祝福語和紀念的話。像是一帆風順、步步高升、蒸蒸日上、天天開心、百事可樂、勿忘我等等，而且重點是要很三八地把這些字用同一條線連起來。當時很認真地相信：「我當然不會忘了你啊！」現在卻連名字都想不起來了。

國小畢業現在想起來是一件重大的事。小學雖有考試，但是念公立學校，下午很早就放學，無所事事的時間比較多，沒有感受到太大的壓力。國小畢業相當於快樂童年的結束，這事雖然常常聽到大人提起，但是還未親身

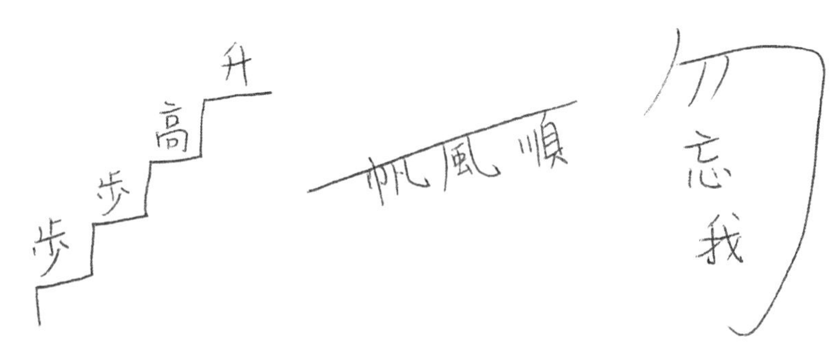

當初很在意的畢業紀念冊，一定要趕流行地用這些特定模式寫祝福的話。

體會的事。

演練多次的畢業典禮，真正進行完的那天，中午過後就回到家。（我爸媽都沒去，現在的小孩跟以前的小孩真的差很多！）雖然知道畢業了，但還不覺得是真實的，亦或是察覺畢業完的生活將有什麼樣的改變。帶著學校發的，裡面有麵包、小蛋糕和飲料的餐盒回家，媽媽說那午餐就吃這些不用吃飯了，吃完還可以看《中國民間故事》，就覺得：哇！今天真是特別的一天，真開心！那時可不知道之後的國高中生活，會有多麼壓抑悲慘！

念小學時原本沒有周休二日，星期六還是要上學，但只上半天，因此覺得星期六上半天就很棒了。每個禮拜六中午的《中國民間故事》，是放學回來最期待的事。劇情中總是會演到有人在巡夜，邊喊著「三更半夜，小心火燭」。那時總很莫名其妙為什麼半夜要有人在大街小巷喊這個，後來才知道古時候沒時鐘，所以需要更夫打更報時，兼有巡邏的作用。

國小也是國外影集大熱門的時候，週末晚上有《百戰天龍》馬蓋仙、《天龍特攻隊》和《霹靂遊俠》李麥克這些經典影集，全台灣都迷，連小孩也覺得超好看的。無奈嗜睡的我幾乎每次都不敵磕睡蟲，沒看到結尾就直接躺在地上睡著，節目做完了才被媽媽叫起來刷牙。睡夢中被挖起來刷牙實在超痛苦的，總是眼睛閉著一邊點頭一邊亂刷，明明就想睡得要死，心裡卻又很嫉妒哥和大姊可以比我們晚睡。總是在心裡發誓：等我長大，我也要很晚睡！

現在長大了，的確可以很晚睡，可是總是得三催四請把小孩送上床才能好好享受我的夜晚追劇時光。無奈年紀大了，等小孩躺平後，終於能攤在沙發上後不久，我也就對著電視打瞌睡了。驚醒後努力把自己移到床上想好好睡一覺時，卻又完全睡不著了。看來年紀大的人根本不想追求很晚睡，只祈求能像小孩一樣一夜好眠啊。

Part 3. 吃食記憶與味道

關於童年的記憶，很多時候是跟食物和味道連在一起的。這也難怪，因為味覺嗅覺和大腦的連結之緊密，在醫學上已經證實，甚至有人說嗅覺是打開大腦記憶的開關。因此，有的人在喧鬧的大街上會因為聞到了一縷香水味而想起某個揪心的前任情人。令我揪心的前任情人並不多，相反的，令我重返兒時情境的食物和味道可就多了。有時候，愛人比不過一碗加了酸菜的豬血湯。

吃吃喝喝

酪梨牛奶

酪梨，爸媽叫做「阿木喀摟」。一直覺得這名字好奇怪，但囡仔人有耳沒嘴，不會去問為什麼，跟著叫就行了。酪梨會在我家出現，通常都是因為有親友送來，免費的，而唯一的吃法就是打成酪梨牛奶，沒有第二種可能。酪梨牛奶味道很特別，不是那種孩童一喝就會喜歡的口味，但因為裡面總是加了大把的糖和牛奶，自然也就顯得好喝，喝久了就真心愛上了酪梨的味道和它綠得很神奇的顏色。長大之後才知道為什麼酪梨要叫做「阿木喀摟」——我爸媽日常生活中很多字都還是用日語來源的叫法。酪梨英文叫做Avocado，變成了日文的外來語日文，自然就唸成這樣鏗鏘有力的音譯。也發現原來酪梨可以不用打成牛奶喝，直接拿來配哇沙米醬油、包在壽司裡，或配西式的油醋醬汁吃，即使跟小時候記憶中的酪梨味道完全不同，卻一樣超級美味！後來有次酪梨買太多，看著它們一顆顆快要變得軟爛，忽然想起小時候的阿木喀摟牛奶。興沖沖拿出果汁機，把綠色果肉挖出來，加入可怕分量的糖和牛奶，喝下去一瞬間整個鼻口都充斥著濃郁的兒時記憶。

原來同樣一個東西（人），和不同的配料（朋友）搭在一起，可以變得完全不一樣，生活中到處都是體悟啊！

海鮮粥

小時候的冬至感覺比現在冷很多。北風把窗戶吹得吭吭作響，要從溫暖的被窩爬起來是一件超級痛苦的事。每到冬至那天，爸媽一大早就會起來款拜拜的牲禮和水果。拜完後媽媽會煮一大鍋料多到快滿出來的海鮮粥，上面再撒上一點芹菜珠和油蔥酥，湯頭整個鮮美到不行。裡面的海鮮媽媽都是不計成本地加，而且一定有雖然我們不喜歡吃，但爸爸都還是一樣要媽媽加滿滿的蚵仔，因為那是他心中營養滿分又美味的「海頭人」聖品。不過我一定會一邊吃，一邊把碗裡滿滿的蚵仔偷偷地夾到爸爸的粥裡，被發現了就笑瞇瞇說這是孝親的表現。除了蚵仔之外，粥裡還有一堆蛤蠣、鮮蝦和魚片，偶爾也有章魚腿。小時候不覺得海鮮粥有多讚，只覺得一早要吃那麼豐盛實在有點飽。但現在想起來，海鮮粥是媽媽滿滿的愛心在一個碗裡的呈現，不只溫暖，那美味簡直要讓口水滴壞鍵盤了啊！

豬心

學生時代媽媽老怕我們營養不夠，為了增強求學時期需要的體力和腦力，常常給我們吃補。尤其冬天一到，各種烏漆抹黑的補藥陸續上桌。除了會熬上雞腿以外，最常搭配的應該是豬心。豬心整顆燉好切成一片一片，吃起來脆脆的，還要喝滿滿一碗補藥湯。雖然不是太難吃，但濃濃的中藥味（不是很香的那一種），還是讓我每次聽到晚上要吃那個就會在心裡哦～～一下。同為台南人的俗女作家江鵝，家裡開的是中藥店。她書裡寫到的中藥材料，特別有親切感。雖然我家不是中藥行，但因為大病小病不斷，身材又乾瘦，跑中醫的次數可說是小孩界中走在很前面的。人說久病成良醫，可惜我沒有變成醫生，但對中醫把脈和藥材卻有一些小研究。大學時甚至參加了一陣子聽起來很不酷、很不青春搖滾的中醫社。

除了豬心，媽媽也會自己滴雞精、滴魚湯。不是直接燉煮，而是用蒸的，讓雞湯魚湯一滴一滴流下來，她說這樣比較精萃，營養最精華。這些過程有點繁雜，雖然知道這些好東西都是母愛，但滴出來的魚湯總有種難以形容的味道，濃郁中帶著一點腥味。因為麻煩，媽媽一次會做一大鍋好分裝冷凍。滴完殘餘一大臉盆的虱目魚乾場面很是驚人，而這新鮮的精華我都是皺著眉頭，百般不願意地強迫自己吞下去。

可憐老媽煮了一堆補品我們都不愛，尤其我一路維持乾瘦體型，應該讓她覺得很氣餒吧。長大後發現其實要增肥的話，餅乾零食鹹酥雞多吃一點就是了。豬心的話，還是留在豬身上給豬用吧。

蝦米肉餅

在爸媽家，總是會「有人拿東西來」。從鄰居家庭院長出的香蕉、絲瓜、番茄、芒果、芭樂，爸媽朋友家半休閒農地出產的高麗菜、蒜頭、洋蔥、玉米，叔叔伯伯家魚塭剛抓上來的吳郭魚、虱目魚、石斑或海釣上來的白帶魚，嬸嬸拿來剛�OK（開殼取肉）好的蚵仔或新鮮透抽、白蝦，族繁不及備載。爸媽若在家，這些親朋好友拿來了蔬菜魚肉，話兩句就走，怕叨擾太久。如果我們剛好出去不在家，回家時就會看到門口一袋袋堅固的麻布袋或是紅白條紋塑膠袋，裡面裝了滿滿的蔬果或生鮮，樸實地擺放在家門口，連是誰拿來的紙條都沒有。通常當晚就會有電話打來，詢問東西收到沒有。有好幾次，媽媽哪樣菜或魚或肉吃完了遲遲沒去買，因為猜想等一下該不會又有人要拿來。等都等嘸於是上市場買了一堆，結果「註細」（剛好）回家時就看到門口又剛好擺了幾袋一樣的東西。

除了生鮮蔬果，也常常人會拿「餅」來。不是西式餅乾，而是傳統的中式餅。以前有人娶媳婦嫁女兒時，家裡餐桌上就會出現一兩塊漂亮紅色紙盒裝的大餅。傳統喜餅厚實多料，拿起來是很重的。不管是五仁、蝦米肉餅、棗泥核桃還是綠豆椪，我都喜歡。尤其蝦米肉餅裡鹹鹹的蝦米和肉鬆配上甜脆的冬瓜條，那個美妙的滋味實在神奇。後來隨著時代演進，新人們開始追求年輕和時尚的感覺，於是傳統大餅漸漸地退出市場，大家紛紛改送西式漂亮精緻的餅乾禮盒。我自己結婚的時候，爸爸也選了中西折衷的日本進口餅乾禮盒。後來在國外住了幾年，每次回台灣，發現自己的口味變得特別傳統，對於西式喜餅一點興趣都沒有，喜歡特地去現在已經變得高格調，開在百貨公司裡的傳統餅店買古早味的餅，尤其是有滷肉的綠豆椪，儘管聽起來很大嬸口味，卻能滋潤我內心的小饞鬼。不只如此，逛傳統市場若是看到有人在賣紅龜粿，更是會興奮地趕快下手幾塊，自己嗑完一隻龜，再把一隻切塊叫兒子女兒過來品嘗媽媽童年的口味，又黏又香又甜，不是任何西式甜餅可以比擬的。

豬血湯

小時候從來不覺得早餐是「速食」或甜食，更不可能是一碗玉米脆片或烤吐司就能解決的事。有上學的日子，媽媽一定會早起熬粥，配菜有蛋有魚有菜。週末放假時，媽媽若是上菜市場，偶爾會順便帶個豬血湯、肉圓或碗粿回來給我們當早餐，那真是美味啊！一塊一塊的棕色豬血搭配黃黃的酸菜和綠綠的韭菜，配上不知道加了什麼才有此特殊風味的湯頭，是媽媽的最愛之一，可惜爸爸不知為什麼總是嫌那個湯不衛生，可能是覺得豬血的處理不乾淨吧！早餐的另一個最愛是肉圓，超Q的皮裡面包肉和脆脆的筍絲，最重要的是搭配的濃濃蒜味醬汁和我最愛的香菜。噢，寫到這兒不禁為台式美食又滴下幾滴口水。不要說我誇張，不然來英國這個美食沙漠住個幾天，包準你也會重新愛上台灣本土小吃！至於碗粿，我對它的愛雖然比不上肉圓，但那用米炊出的細緻口感，總讓我想起小嬰兒的……臉皮。（喂，是誰想到屁股的!?）超愛吃蒜頭的我總會在想加蒜泥的衝動和接下來一整天的口臭中掙扎……不用說，蒜泥每一次都贏。

搖搖搖出無限歡笑，搖搖搖出青春年少～～

雪克33和蜜豆奶

以前爸爸的店裡曾賣過一種紅極一時的飲料，這個飲品的噱頭是喝之前要先拿在手裡搖三十三下，搖完打開三角形狀的「利樂王」包裝杯口，可以看到奶昔飲料上浮起一層泡沫，喝起來很奇妙。無聊的小孩當然會故意搖超過三十三下或只是搖個五六下，看看搖幾下對泡沫的形成多少有沒有差別。當時沒學過英文，上了國中之後才想起來小時候的雪克33的雪克兩字是如何來的——shake。現在不禁懷疑雪克33是不是手搖泡沫紅茶的開山始祖啊？當年這飲料推出時，電視上還配合了為廣告量身打造的流行歌，由娃娃金智娟邊唱邊搖，很容易讓我們這些年輕觀眾跟著一起搖出無限歡笑，一起搖出青春年少啊！

同時期小孩界很流行的還有廣告歌一樣琅琅上口的利樂包包裝蜜豆奶，有草莓、雞蛋和麥芽口味。這是大人不介意小孩多喝的飲料，因為他們認為那是健康的豆奶……只是添加了一堆香料和糖而已。有次二姊班上校外教學回來，老師給了當班長、幫忙管秩序的她一罐草莓蜜豆奶當嘉獎。她喝下肚不久之後，因為暈車尚未恢復，結果在走廊上噴發了一地粉紅色，據說她從此無法再看蜜豆奶一眼。

王子麵和阿婆店零食

小學放學回家的路上，會經過幾家柑仔店（雜貨店）。沒有7-11或超市的日子裡，買醬油、買鹽糖米酒，都是去這樣的店買。暗暗的客廳兼店面裡，電視亮著，前面坐著一個吃著午餐，或是準備要午睡，或是睡醒以後在泡茶的阿伯或阿婆，視我放學時間而定。店門口擺的是一些小學生經過會被誘惑的東西，而我們最喜歡去買一包一塊錢的王子麵。

一塊錢，在我們經濟能力範圍內，常常和同學有下列對話：

同學A：「一塊錢可以買幾包王子麵？」

同學B：「一包啊。」

同學A：「錯，是四十包。」

同學B：「為什麼？」

同學A面帶驕傲：「因為我是說一塊美金啊！」

那是美金對台幣曾經一度四十比一的年代，美金在我們這群鄉下小孩的想像裡，是很大咖的！

王子麵以外，也愛在學校的福利社買顏色紅得奇妙的魚片乾，或是一小透明包裝裡面好幾顆小圓球的仙楂糖，這些都是一塊錢就能到手的美味零食。偶爾爸媽也會買辣橄欖回來，我喜歡小口小口繞過中間的核咬，醃過的橄欖肉脆脆的，最愛吸它的汁，微辣中帶有甜味。小時候對橄欖的認知就是蜜餞辣橄欖，長大後聽說橄欖是西班牙義大利特產，以及可以拿來榨橄欖油這件事，驚訝到不能相信這是同一種東西。

吧噗豆花和粉料啊

暑氣籠罩，無聊到發慌的下午時分，很期待那個阿伯會騎著他的腳踏車出來賣豆花，就是現在孩子們沒聽過的「ㄅㄚㄅㄨ」。長大後才聽說有叭噗冰淇淋這種東西，但「吧噗」在我的認知裡就是新鮮的阿伯豆花。在樓下玩橡皮筋時，一聽到叭噗聲，媽媽會叫我們快去廚房拿碗公裝豆花回來，完全不需用到塑膠製品，環保得很。三輪車上載著一個白銀色桶子，阿伯一看到我們就把蓋子打開，很有技巧地挖出一片片米白偏黃的手工豆花，然後在上面淋了琥珀甘甜的古早味糖水，其他什麼都不加，就是特別好吃。從他桶子裡挖出來的豆花因為現做還有點微溫，我們現吃幾口後就把剩下的冰起來，等它變得冰涼後吃起來更解暑氣。阿伯現做手工豆花一份十塊，兩份二十塊，通常兩個十元銅板全家就能吃得很開心，但我常常好奇阿伯一個下午到底能賺多少？現在百貨公司樓下賣的豆花跟阿伯的叭噗豆花口味根本不能相比，價錢又貴了好幾倍。每次去吃總是暗暗懷念著那個三輪車和大碗公裡的豆花。

下午的點心除了豆花，偶爾媽媽早上去菜市場時若買「粉料啊」回來，冰在冰箱一整個早上，到了下午加一些冰塊，就是清爽甘甜的糖水。以前沒有像現在的人在吃蛋糕什麼的，湯湯水水的點心既消暑又不黏膩。爸爸下午肚子總是容易「青腰」（瘋狂肚子餓），媽媽時常煨了綠豆湯冰在冰箱，爸爸回家喊餓時就能隨時來一碗綠豆湯加粉料啊透（加）牛奶，清新爽口又美味。不喜歡豆類的我其實只愛喝綠豆清湯加粉料啊和冰塊。可惜若是都不吃綠豆而把湯都撈光的話會被大家圍剿，所以還是得乖乖撈出和綠豆湯成正確對比分量的綠豆到自己碗裡，然後把綠豆先吃掉，才能好好享受清爽冰涼的粉料啊綠豆湯。

於是了解，有些人情世事從小就不得不遵守，就算是小孩也不能為心所欲，喝綠豆湯得吃綠豆就是其中之一。

炸蚵嗲

前面已經說過好幾次我不喜歡吃蚵仔，但卻喜歡吃炸蚵嗲。沒錯，我就是那個吃蚵仔煎、蚵仔麵線或蚵嗲都希望老闆不要加蚵仔的奧客。想到炸蚵嗲，第一個聯想到的先是寒風瑟瑟的冬天，再來才是那酥脆美味的口感。在南國的寒冬，傍晚刺骨寒風，和媽媽迎著剛點亮的路燈，在大馬路邊向藍色發財車旁的阿婆買現炸的蚵嗲，吊掛著一盞暖熱黃色燈泡下，一鍋熱滾滾的油裡翻動著幾塊飽滿圓滾的金黃炸物，油漬漬的暖意像卡通劇裡的保護罩一樣暫時將我們包圍。

從阿婆手裡接過剛出油鍋、炸得酥酥脆脆的蚵嗲，豪爽淋上蒜香中帶甜味的橘紅色醬汁，一口咬下，裡面露出滿滿的高麗菜絲、蘿蔔絲和碎肉，咬的時候邊從嘴角吹氣免得被燙到，邊看著空中飄出微微的煙，那是一種童年才知道的溫暖幸福。

蒜頭醬油與蚵給

求學時期每天早上，媽媽都會煮很營養的的早餐，通常會有一條煎魚，搭配一小盤蒜頭醬油。蒜頭醬油就是一小碟醬油裡加進拍碎的蒜頭。新鮮的蒜頭醬油一開始是水水的狀態，但放了隔餐之後就會變得濃稠，也更有「味道」。小時候不知道吃蒜頭會有味道，愛吃得很，直到有天早上從同學的口氣中也聞到蒜頭醬油味覺得有點嫌惡之時，才發現也許早餐吃蒜頭醬油不是那麼理想。但是，它跟煎魚就是那麼搭！家裡每餐都吃魚，因此沾醬也很重要。除了蒜頭醬油，南部沿海養魚人家特愛「蚵給」。蚵給是一顆顆鏟出來的牡蠣，塞進通常外面還貼著高粱酒或米酒標籤的玻璃酒瓶裡，用鹽漬出來的。有蚵仔恐懼症的我，很不喜歡看到那一顆顆光溜溜的牡蠣肚被滿滿塞在一起的景況，除了外表不美，看起來很可疑的暗灰色液體，打開時還有一個很烈的味道，有點嗆鼻。蚵給是媽媽的最愛，其實主要是沾那個濃濃鹹味，配煎魚很下飯。但我始終無法吃下那些有如浸泡在福馬林裡的牡蠣。蚵給只要一點點就能沾很久。因為七股的親戚不定時就會拿幾罐給我們「幫忙吃」，我們家總是有源源不絕的供給。而我也一定照例，每有親戚拿來，等他們走後我就皺著鼻子喊著：「喔呦，又拿來了。」而媽媽總是不理我的牢騷，笑咪咪地說：「很好啊，又可以吃很久了！乒貢貢（香噴噴）的妳過來聞一下！」

阿忠牛排

國小時，家裡小鎮開了第一家牛排西餐廳，心裡嚮往得很。牛排啊！吃起來不知道是什麼滋味呢？於是第一次被姊姊帶去吃的時候，看到滋滋作響的鐵盤上盛著牛排和鐵板麵，還有附餐奶油麵包、玉米濃湯和冰紅茶，內心可激動呢，以為這就是所謂的西餐，暗自覺得自己轉大人了。可惜的是第一次吃到牛排那天，手肘就被炙熱的鐵板燙到，下午回家後還剛好發了燒，之後有好幾年對鐵板有一種又愛又憂愁的複雜情感。

後來出國，學會欣賞品嘗原味的新鮮牛排，但永遠記得第一次看到什麼醬都不加的真牛排，還傻傻地等著黑胡椒醬上桌，結果尷尬地發現原來西方人吃高級牛排不加黑胡椒醬時，落寞地食不知味。雖然在國外吃牛排就是要吃新鮮的、吃肉的原味，如果煎的好的話我是也能欣賞一下那厚實的、除了鹽以外無調味的牛排。但相較之下，雖然聽起來很俗、很不時尚，但內心的台妹就是很喜歡平價牛排店裡上面淋了濃稠醬汁的台式牛排（經典的蘑菇醬或黑胡椒醬擇一）。儘管跟高級牛排肉質不能相比，但每次聞到夜市牛排醬汁的香味，還是覺得很難抗拒。可惜深知這些肉的來源可疑，每每都得忍住想坐下來點一盤的衝動。至於鐵板麵，也是後來才知道原來外國人沒有這種東西，但這也不減鐵板麵好吃的威力啊！應該說，知道鐵板麵是台灣特產後，反而覺得更好吃了呢。而且也不只是上牛排館才吃得到，現在竟然變成早餐店常見選項，也算台灣美食之一吧。後來市面上陸續出現××世家和×家牛排，都是大學時為了特別慶祝什麼時才會去吃的好料。學生就愛那種平價，但麵包沙拉冰淇淋紅茶等等副餐一堆的餐廳。

說起台式西餐廳或咖啡廳，就不能不想起台南起家的×皇×家，剛到我家鎮上開時，是整條街上鄉土小攤店家中難得一見，能吹冷氣聊天混上一下午的文青複合式餐廳。雖然念國高中後它才出現，人生中也只去過一次，但至今每次看見它高挑的玻璃窗裡懸吊著的小圓燈和裡面的人悠閒啜飲的冰涼茶飲時，總會勾引起淡淡的年少情懷。

味道

燒金紙

沒有什麼比燒金紙的味道更能讓我在腦海中以光速回到台南老家。童年＝拜拜，而燒金紙則是每次拜拜完收尾的儀式。和爸爸把拜完的香和金紙，往金爐裡丟，金桶裡一疊一疊粗糙的黃紙逐漸捲起，金箔紅框在炙熱火舌中演化成黑屑的煙，是從年頭到年尾，用生命在朝拜神明的家庭裡小孩最熟悉的味道。

酷暑的溫度中，我喜歡站在金桶邊徘徊，看著周遭的空氣因為桶裡更加火熱而形成奇異的變形流動，直到火變得微弱，火舌都已經突不出桶子的時候，再把紅色塑膠杯盛著用來敬神明的酒繞著金桶撒圈圈，然後雙手合十向神明拜一拜，整個流程才到尾聲。接下來幫忙爸媽把牲品一樣一樣搬回廚房，一邊嘴饞著肖想媽媽從菜市場買回來的油雞。我們小孩到底信不信鬼神，是一個不被提起的議題，就像聖誕節的溫馨氣氛，也不需要經過基督徒的虔誠測試才能感受。

家裡的金桶總是燃燒著熊熊大火，是夢裡也聞得到的味道。

結婚後住在新加坡時，因為華人文化是主流，因此走在大街上偶爾也會聞到燒金紙的味道。雖然不是很健康，還是喜歡多吸兩下，偷偷閉上眼睛想像在家門口看著火舌的心情。燒金紙的味道比想像中還常出現，也是讓我對新加坡有種莫名親切感的原因之一。即使在時尚國際的烏節路、大樓櫛比鱗次的萊佛士坊金融區、悠閒柳樹垂掛的羅賓遜碼頭河岸咖啡座，各色人種川流來去，在這樣和鄉下童年相差十萬八千里的地方，都曾因為燒金紙的味道而讓我想起在馬路邊看著金桶裡火舌、幫著媽媽把一盤盤牲禮拿進拿出的心情和溫度。

燒田

燒農田的氣味，從小聞到大，以為這就是人生的一部分。高中時坐在教室裡，附近的農地在燒田的味道，飄進教室裡，在多少考不完的試，背不完的書中，默默自己腦補圖畫裡會出現農村裊裊升煙之景況，莫名帶來一種重現桃花源、舒慰的感覺。

在新加坡居住的那段期間，空氣中偶爾會瀰漫著鄰國印尼大燒棕梠樹田的味道，有時候嚴重到全國都籠罩在煙霧之中，真實體驗什麼叫做伸手不見五指，連出門都不被建議的地步，這才發現從小聞到大的家鄉農村味，並不是那麼純樸自然，而是會引起濃霧和嚴重空氣汙染，原來是對環境（當然也對人體）不好的PM2.5製造機。

這味道在英國也曾聞過一次。某個下午在客廳看書時，窗外忽然飄進很熟悉的味道，暗自感動一向陰冷的英國到了夏天，空氣竟然也能溫暖到讓我想起南台灣，有回到家的興奮之感。結果當晚看新聞，發現原來那天西班牙發生森林大火，夏天的南風順勢將帶著燃燒灰燼的空氣吹到遠在英國的家中。原來我記憶中那鄉村親切的、暖和中帶著微微的焦味，竟然是森林大火這種不幸的事情也能複製的。

其實英國的夏天常常讓我這個亞熱帶來的人覺得有濃濃的秋意。溫帶國家的盛夏，即使陽光普照，只要人在樹蔭下，都會感到涼意，更不用說大多數時間，天空經常是陰鬱的。迎面吹來，皮膚傳到大腦的感應，解釋為這乃是該起一顆一顆雞皮疙瘩的涼風，自然連結的記憶為在台灣時，是該加外套的季節，畫面是稍帶蕭瑟秋意的街頭，人家在店頭燒金紙，而我裹著大衣去百貨公司地下樓吃薑母鴨的畫面，但這裡的人明明才正要迎接他們的盛夏呢！七八月的時節，空氣中卻是秋天的溫度和氣味，每每令人腦筋困惑、感傷地想家。

八月桂花香

一直都喜歡桂花。這麼小的自然物體竟然能產生如此不可思議的香氣，不得不令人暗自懾服於大自然的玄祕。那散布牆邊樹叢，一點一點毫不起眼的淡黃色小花默默地清香優雅，一嗅直衝腦咽交際的芬芳，不需要懂什麼靈奧也知道該敬佩，那從來不是玫瑰或任何其他俗世花朵可以比擬的。

不過，真的察覺這種路邊小花叫桂花，是看了當年台視的熱門八點檔《八月桂花香》連續劇才懂得的。那些年沒有密密麻麻的第四台，但總覺得三台的八點檔都好看得不得了。國小時，功課下午就寫完了，晚上可以跟著

細小的桂花一欉欉生長，經過時抓一小束在手上，可以清香一下午。

大人一起「追劇」。劉松仁和蘇明明演出紅頂商人胡雪巖精彩的人生，加上扣人心懸的主題曲〈塵緣〉：「人隨風過，自在花開花又落，不管世間滄桑如何」……以前只知道曲子好聽，歌詞則是唱了覺得雖美但不懂意思。現在再聽，配上羅文特殊的咬字和嗓音，那個滄桑、感嘆無常與人間到最後一切都是空的的感覺，似乎是能切身體會了。「只有桂花香暗飄過」，再沒有別種花能帶出此種幽然的意境。

家裡後來也在庭院種了一整排的桂花叢，開花時隨著夏季微風偶爾飄來一陣幽香。在記憶中那是南部盛夏後，入秋時空氣溫熱中偶爾帶著涼風中襲來的味道。話說，「襲」這個字好美妙，聯想到紅樓夢裡的花襲人。

雖然她的名字和桂花並無關聯，但這個角色本身是個素淨、對自己不講究排場之人，如此細膩的個性反倒對周遭之人產生橫掌經緯之重要性。也難怪這樣小小清香的小白花，在桂花茶、桂花酒釀、桂花糕這些佳餚裡掌有靈魂畫龍點睛之妙。至於《甄嬛傳》裡眉姊姊拿手的宮廷佳餚「藕粉桂花糖糕」，雖沒機會品嘗，但光是憑空想像，就覺得銷魂。

鬆餅與白文鳥

在英國，因為沒有像美×美那樣的早餐店，自然沒有「出去買早餐」這回事。早上時間匆忙，給小孩吃的早餐便總是偷懶一點。因為簡便，吐司、麥片、奶油麵包或市售的鬆餅時常出現在我家餐桌。健康成分只能不去想它，鴕鳥心態安慰自己晚餐會認真煮，再把營養補回來。輪到吃鬆餅那天，惺忪睡眼中從冷凍庫拿兩片鬆餅放進吐司機裡烤，轉身忙著倒牛奶、處理洗碗機。無奈這麼久以來很少能調到剛好的時間，直到聞到烤焦的味道，才從茫然中驚醒，一箭步跳去按取消鍵。跳出來一半的兩片鬆餅軟趴趴，半個身體攤在吐司機上，等著我去把它們解救出來，平放在盤子上冷卻，慢慢變成香脆可口的四方形小格子。此時，整個廚房充斥著燒灼的味道，卻牛頭不對馬嘴地在腦海裡連結起小時候家裡半專業的大型鳥籠，炙燒的小黃色燈泡照在鳥巢的乾草上發出近乎焦灼的味道，幾乎一模一樣。

八〇年代的台灣吹起了一陣養鳥的風潮，大家都說養鳥能賺錢。現在聽起來很奇怪，當時卻只覺得新鮮好玩。不只左鄰右舍都開始養鳥，鎮上也開了幾間專門賣鳥、鳥用品、鳥飼料的店，時時刻刻打著生意經的老爸當然也趕上那時的一窩蜂。大家也不是什麼鳥都養，當時流行白文鳥，又叫十姊妹，聽說最能賣出好價錢。而那個在我鼻腔腦海盤旋的燒灼味，現在仔細想起來，其實也不太清楚為什麼會在鳥籠裡出現，也許那一顆顆燒燙燙的燈泡，是用來敷鳥蛋的吧？後來養鳥養過頭，竟然也能出現「白文鳥泡沫經濟」。大家過度哄抬的結果就是價格崩盤，於是鳥和鳥籠也就默默從家裡三樓撤出了。

烤焦的鬆餅讓我在遙遠的英國想起以為已經忘記的兒時飼養白文鳥記憶，這兩樣看似毫無關聯的東西，終究靠著味道在我腦海裡連結。於是喜歡在烤焦鬆餅的時候，偷偷地多吸個兩下，重當幾秒鐘的孩子。

青春少年時

Part 4.

錄音帶

小時候的流行音樂，大多是在電視上聽到，跟著爸媽看綜藝節目時，出專輯的歌手就會去上節目打歌。那時覺得很奇怪，不知道「打歌」是要做什麼？每次電視一打開就聽得到當紅的流行歌曲，不懂為什麼要特地花錢去買？

上國中時，某次期末考完和同學去鎮上亂晃，終於見識到什麼是錄音帶店。放眼望去店裡琳瑯滿目一排排分門別類的錄音帶們，很是壯觀。後來和姊姊集資買了一卷，卡式錄音帶打開，裡面有歌詞頁，背景附上幾張歌手的照片。每次拿到新的錄音帶時，都要先專心鑽研內附頁面很久，那種小心捧著研究照片和歌詞的樂趣，是聽音樂之外的附加價值。卡式錄音帶現在想起來很可愛，要聽特定的曲目得要快轉或倒帶，一曲聽完想再聽一次也是要手動按鍵捲回去，因為很難轉得剛好，常在倒帶、停、倒帶、停、快轉這幾個按鍵中快速切換。嫌太麻煩，就讓它一面播完自動換下一面（卡式錄音帶有A、B兩面），或者一直倒帶到底到跳起來，多聽幾次第一首的主打歌。一卷錄音帶常常聽到滾瓜爛熟，每一首播完頭腦就會自動哼下一首要播的旋律。現在大家已習慣網路下載聽歌隨選播放，這種被錄音帶播放順序制約腦袋的現象應該已很少見了吧！

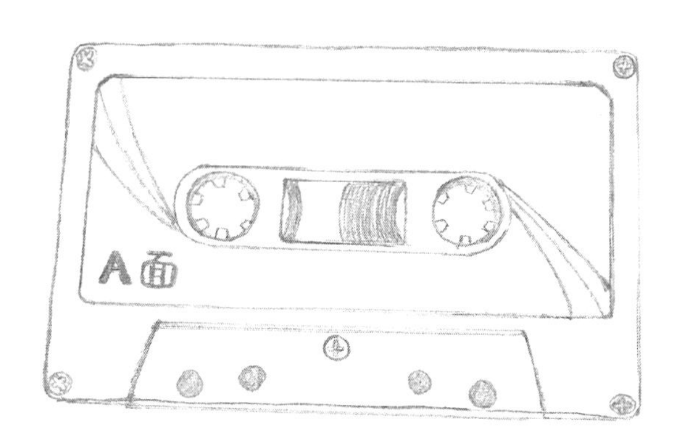

常常把手指插進齒輪裡去手動捲卡帶，看著咖啡色膠卷轉動的樣子。

高中時有次收到情書，上面寫的是伍佰的歌詞，才因此認識了這位歌手。長相造型和歌詞咬字都超級台的伍佰獨樹一格，創造出全新的台客搖滾流行。「台」這個字是很難向外國人解釋的，用local也不能表達。很少國家的人會把自己國家的名稱變成形容詞，而且一開始還是帶著貶義的。現在的「很台」，漸漸變得很酷很hip，欣慰於自己的國家終於熱衷擁抱屬於自己的特殊文化。

大學時代已經漸漸從錄音帶改成買CD，熊天平的〈愛情多惱河〉或是〈雪候鳥〉，曲調動人，搭上超悲傷的歌詞是絕配。同年代的還有很多失戀歌曲，像是許茹芸的〈如果雲知道〉也是一出來就大紅大紫，聽了連明明沒失戀都覺得難過得快要像主角一樣心碎到整個人不支倒地，但自己明明就沒情傷啊！大學青春正精彩，雖有談戀愛，也曾分手，但最多就是有點鬱卒，從來沒有一次覺得沒有這個人我不行，痛苦到會活不下去的絕望。所以那時候室友失戀，傷心到吃不下睡不著，簡直變行屍走肉時，我是用了很大的想像力才能盡量同理她的傷痛。

和很多同年紀的人一樣，整個高中生活都是乖乖苦讀，直到上大學才接觸到自由與愛情，心情特別寬廣。有次在七點多的夏夜到學校附近的大安森林公園散步，剛好聽到動力火車在表演廣場現場演唱〈除了愛你能愛誰〉，很台式搖滾，很熱血青春，直到現在不小心聽到動力火車〈機會不多啦〉，就不由自主地想到大安森林公園的夏夜與年輕時心境的自在奔放。那年代也流行民歌餐廳，雖然沒去過，但耳聞不少，像是西門町的木吉他西餐廳，曾經是年輕人最愛去的潮餐廳，好幾個紅極一時的歌手也都是從民歌餐廳被發掘的，可惜現在已經沒落，大多都已關門。大學班上有個泰國來的華僑，從小念美國學校，因此英文會話比我們這些土生土長的台灣小孩都好很多，他的對話和聽力課都被教授頒了豁免上課權。不愛念書的他聽說也在民歌西餐廳上班打工，彈吉他唱情歌，生活感覺浪漫得很！那時候好羨慕他。不過中年後再聯絡上的群組中，聽說他還是乖乖當了高中英文老師，雖然也沒什麼不好，但從語氣中聽得出來他很懷念當年那個意氣風發充滿夢想的自己。

前陣子為了教英國學校的課後中文班，上網找台灣的流行歌曲，女兒在旁邊聽了幾首後就說：「媽媽可以不要再放了嘛！怎麼每一首聽起來都好難過！」對啊，她這麼一說才想起，我小時候也很不能理解，為什麼中文的流行歌，唱的內容十之八九跟愛情有關，而且大多很哀傷。人生難道就這件事而已嗎？其他都沒有別的值得唱的了嗎？人生中有求學、友情、工作、家人、夢想、現實、健康等等無數個面向和掙扎，但怎麼大家都只唱愛情跟被拋棄啦？不懂不懂。我想，可能是因為失戀的歌曲曲調通常都很好聽很上口，加上想像失戀那種為賦新詩強說愁的歌詞唱起來很有玉石俱焚的力道，所以大家才會一直出這種歌吧？這導致現在已經離愛情很遠的我，為了想欣賞這些歌，常常得把角色用腦補換成孩子、家人或朋友，才能有一些悸動，畢竟這些人也是我的情人啊！矮油，老夫老妻的婚姻是有多慘啦！

話說現在台星崛起，不管是在台灣本地紅的，或是在台灣不紅到了對岸卻紅起來的，全都跑到強國去賺大錢發大財了，他們在他鄉的地位，讓人聯想起年紀小時，港星來台時被崇拜的感覺（只不過以前的港星不用向台灣輸誠，說話也不用那麼小心翼翼）。那年代港星在台灣的地位就是不一樣，台灣自產的明星雖有，但港星就是有一種閃耀的光芒，地位也不可言喻地高了一層。像劉德華、張學友、黎明、郭富城這四大天王，各個帥勁十足，而且還要演戲唱歌全方位都厲害才行。電視看太多的我常看到這些明星們對自己的自責，說自己只會演戲，唱歌要多加油，或是只會唱歌，演戲還要學習等等。後來認識了西方的明星，才知道原來演員可以專心當演員，唱歌的專心唱歌就好，演戲唱歌只要專精一個就足夠在演藝圈站得住腳，其實不用有罪惡感。

蘇格蘭紅茶

國高中六年都念同一所私立中學，雖然因此沒有過考高中的壓力，但在同一間本身就是個壓力鍋的學校好像也沒有比較輕鬆。不愛運動的女生如我，下課最大的活動除了相約一起去上廁所，就是去福利社買飲料。其中蘇格蘭紅茶是我們的最愛，同一系列好像還有英格蘭奶茶之類的，一瓶十元很負擔得起。國中時其實對這些什麼什麼蘭的地名實際位置在哪兒並不清楚，不過光是看飲料的漂亮包裝和英國風的名字就覺得在每天念書考試中得到一點小小的浪漫和精神解脫。下課只有短短十分鐘，這十分鐘走去福利社一圈回教室當作散步活動筋骨，但像某對S開頭姊妹明星出的歌一樣，這更是無聊學生談戀愛的契機。平常班際之間沒有任何互動的機會，趁著女生們去上廁所或買飲料會經過

賞心悅目的飲料包裝讓枯燥的中學生涯多了一分想像。

不同的班級，別班男生就把握機會把每班女生欣賞一輪。我們班的班花每經過男生多的班級，總是引起一股狼嚎叫囂。

到了體育課，老師常常不上課，放我們自由活動。我們這群女生四肢不發達又不愛打球，每到體育課就去福利社買加了黑胡椒、一顆一顆分明的的蛋炒飯，坐在一樓教室的階梯上你一口我一口，或坐在一整排的木麻黃樹下看男生打籃球。木麻黃是沿海地區常見的樹木，結的果像是迷你鳳梨，一粒一粒尖尖的突起，時節到的時候整個校園的地上常常都被木麻黃果實鋪得滿地，走在上面卡ㄘ卡ㄘ的，若是剛好被

木麻黃樹耐貧脊土壤，也是南部沿海常見的防風林。高中校園裡種了一整排，聲勢浩大。細細的綠色枝條垂掛，風一吹來窸窸窣窣，秋天時掉了滿地的堅硬球果，別有情調。

它從樹上掉下來時打到，通常驚嚇比實際疼痛還多。

當時常常覺得男生的情誼似乎比女生的單純很多。有時候最後一節課要放學時，要留下來晚自習的男生會先在球場打球。天已經黑到一半，球場上的燈吸引了很多飛蛾，炎熱的暑氣逐漸被傍晚的涼風驅散。我喜歡迎著晚風，兩肘撐在走廊的牆壁往下看球場上打球和繞著操場跑步的男生們。並不是有特別心儀的對象，而是覺得他們互相打打鬧鬧、跑步打球的樣子好輕鬆，感情天真無邪，像英文說的bromance（男生間兄弟般的好感情，靈感來自形容愛情的romance），看著覺得真可愛，有一種令人放鬆的舒慰感，類似在動物園看猴子互相梳毛抓跳蚤，或者看著一群剛出生不久的小小狗互相偷咬尾巴後你打我我咬你的療癒效果。

高中時每天早上不到中午肚子就已經很餓，於是最期待便當。學校沒有自己的廚房，只向外面的廠商訂購，口味雖不像現在多樣，不過雞腿、排骨、香腸便當這幾個基本台式口味似乎怎麼吃都吃不膩。為了維持品質，學校同時和幾個互相競爭的便當廠商購買，每隔一陣子班上會投票要不要換廠商或者續訂同一家便當。深陷考試苦海中覺得有權利選好吃便當真是小確幸。每到中午用餐時間，大家會互換位子方便跟好朋友一起吃。寫數學的練習紙、以前的考試卷、家裡門口的宣傳單都可以拿來墊在桌子上，免得便當的油弄髒桌子。有時候墊得不夠厚，中午趴下來午睡時，一股淡淡的油漬味在鼻孔一公分處傳來，甚是惱人。

除了中午吃便當，一天當中最放鬆的時刻大概是掃地時間，那時已經上完第七節課，再上一節課就能放學，而且也是整天中最長的下課時間。總是快快把地掃完，就能和同學哈拉久一點。自然組的男生喜歡到社會組看女生，平常下課十分鐘不夠他們跑來看美女，但掃地時間比較長，偶爾就會來送個情書，曖昧個一兩眼。我也喜歡到隔壁班去找以前國中同班的同學，順便窺探一下他們班的生態。國片很多描寫高中時期的校園純愛電影引起廣泛觀眾集體的共鳴，可見大家對那段被壓抑的青春情懷應該都很心有戚戚焉吧。

理化老師

國中剛接觸理化課，老師是一個三十出頭，高高帥帥的型男。因為個子矮總是坐在第一桌的我，離講台很近，在他經過桌子旁時常常可以聞到他身上淡淡的煙味。後來聽到辛曉琪的名曲〈味道〉裡唱到「手指淡淡菸草味道」時，都會想到這個理化老師。老師教學的方式很輕鬆，像在講故事一樣，還會偶爾穿插他跟老婆之間的趣事。印象最深的是他笑著告訴我們他老婆前幾天叫他出去時順便買衛生棉回來，讓他赫然覺悟這就是已婚男人的生活。我心想這還好吧，難道男生買個衛生棉有很難嗎？然後偷偷羨慕他老婆有這樣的帥哥老公可以指使。當時年紀小，不曉得這樣輕鬆的教法和用聊天吸引我們注意力就是他教學厲害的地方。上起他的課，不管是再無聊的光子分子和元素週期表從他口中說出來就是非常淺顯易懂，重點是超級有趣。我曾經因此熱愛理化，分數也總是特別高。被老師稱讚時，心裡還會開心地小鹿亂撞。那時很認真考慮，也許上了高中應該勇於不同地選擇理科（因為四個兄姊都是念文組）。誰知到了國三，理化老師換成一位中年凸肚的資深教師，雖然努力跟自己說不可以貌取人，也奮力地相信這個科目還是會一樣有趣，但結果並沒有，在資深老師一板一眼的認真教學中，電壓電流電阻和速率變得沉悶無趣而且難懂，我的考試分數也跟著往下掉。在討厭理化之餘，竟鬆了一口氣，告訴自己畢竟還是和兄姊一樣是同一家出產的產品，果然還是念文組的料。（在我的高中不管文組或理科都逼得很緊，後來在電影《刻在我心裡的名字》裡看到，他們認為念文組是成績不好的人在念的，還嚇了一跳。）

這件事到現在都還有點懊悔，因為現在看到電視上播報實驗室裡發明新藥，研究疫苗，研發最新的癌症療法等等，常常不自覺看得神往，內心深處發出OS：「好羨慕這些人，好希望我是電視裡那個拿滴劑，觀察細胞變化的那個人」的念頭。雖然如果當年念了理科也不代表我一定會走進醫學研究，但還是每每都被自己內心深處的懊惱質疑，也許我走錯路很久了！身為師大的校友，從這個陳年往事研究起來，不免發現身為一個老師，教學好壞與否其實真的會影響到學生一輩子啊！

清明上河圖

我喜歡歷史課。雖然不喜歡後段清朝到民國，因為那時代一連串的政治演變和現在的國家處境有直接且多半是令人氣憤的利害關係，但喜歡唐宋，想像著顏真卿、宋徽宗究竟是怎樣的人，才能寫出如此纖細飄渺中帶著剛毅的瘦金體，儘管班上的男生們每次一講到這個名詞，都會突然失去分辨ㄣ、ㄥ的國語能力。

高中時對歷史唯一的接觸，視覺上的就只有課本裡幾張看到爛的圖片。上課時我常常對著《清明上河圖》出神，想像自己若真能乘坐時光機，也許最想去的地方，是去看看這幅畫裡真實的街景，聽聽橋頭街上來往的人聲鼎沸，他們說的話我是否聽得懂？也想摸摸市集裡攤販們叫賣的陶瓷瓦器蔬菜水果和雞鴨魚肉；瞧瞧當時的仕女們從現在眼光看來究竟漂不漂亮？猜想身邊很久才能洗一次澡的人會不會味道很重？更想去附近酒家吃喝一頓，像電影裡演的一樣，進門就喊：「店小二！快送上一壺酒和小菜來！」很好奇他們的小菜到底是什麼內容？好不好吃？

雖然填鴨式教育常常是老師在講台上魔音洗腦，導致大家常常點頭（打）如（瞌）搗蒜（睡），但是歷史老師算是所有老師中數一數二好笑的，所以上起他的課來像是在聽故事一樣，是一段輕鬆的自由神遊時間。我們超級大班，一班有六十幾個人，坐到教室後面老師真的很難注意到你。高中時已經不再照身高排，而是用成績選座位，於是我終於坐到了夢想的邊陲地帶。跟小孩說起我最喜歡坐最後幾排靠窗或最後一排，因為可以做自己想做的事，他們都很驚訝，因為在英國上課時常需要參與討論，老師會期待你發表意見的，不太可能能像我一樣躲在窗邊或教室最後面神遊。

除了神遊和塗鴉，大家也很流行在上課時傳紙條。紙條是沉悶中學生活的一個小小娛樂。不管是好友之間想到什麼好笑的或有什麼心事需要抒發，等不及到下課時間，在上課時用紙條寫起來就是比較有趣一點。紙條另一個很重要的功能就是男生追求女生的手段，面對面講不出口的愛慕，通常就用小紙條傳遞。寫好後折一折，在上面寫個收件人的座號，大家就會很有默契地趁老師沒在看的時候一個一個往收件人處傳遞。從來沒有人會不識相地偷看，大家也都很有像Fedex般「使命必達」的義氣。

從小到大一路都是男女合班的我，高中時期沒有任何心儀或搞曖昧的男生，因為覺得只有比我強的男生我才會喜歡，可惜念的是文組，全部文組三個班，功課上比我強的都是女生（當然不是說男生念文組一定沒有女生強，只是我遇到的狀況是如此。男生念文組可以比女生強，就像女生念理科也可以比男生強一樣）。高三時有一個常常坐在我前面的男生，我們很聊得來，而且完全是很難得的純友誼。他功課普通，就是歷史特別好。雖然我那時除了數學每一科都算強，不過他的歷史分數有時甚至比我高，有時候考完我有什麼不確定的題目就會忍不住問他剛剛答什麼答案，若是跟他不一樣，我會懷疑自己是錯的。那時班上有一個他很喜歡的女生，個子很高、皮膚很白、很安靜，為了發奮讀書總是選擇坐在第一排。後來他也辛苦地追到她了，但兩個人很低調，上課時會互相傳個紙條，下課後短暫地見個面說個話。那個男生會跟我說他覺得那個女生個性哪裡很可愛，所以他覺得她比班上那個大家搶著追的班花還要漂亮。我覺得聽了很溫暖，也很喜歡他那樣暗地裡對她好的感覺。很多男生大放厥詞要追我們班班花，動作做一堆，聲勢浩大，我卻不覺得那有比這段純純的感情可愛。

填鴨和烤肉

從小是個被教育考卷只能有標準答案的孩子，應該說在台灣教育制度裡長大的孩子，幾乎都是。就算到了現在這年代，標準答案出乎意料的，並沒有比較退流行。雖然從很久以前就有很多什麼「人生沒有標準答案」這種企圖打破傳統思維的評論，甚至聽到都已經覺得老生常談了，但對「標準答案」這件事感到厭煩並認知它的可笑無用，是經過很多親身經歷才確認的。

當然我不是在鼓吹寫數學的時候2＋3等於多少不一定要寫5，也不是說〈靜夜思〉作者是誰可以填杜甫而非李白。而是質疑：當權威者以「單一答案」和「標準」向學習者施壓，把它當成學習唯一的目標時，那是否就失去了學習最根本的真義呢？

高中時某一次考地理的時候，答案是一個現在已記不得是哪裡的國家，例如像玻利維亞這樣的地名，也許我把「利」寫成了「力」，或是把「亞」寫成了「雅」，於是老師不給分數。雖然心裡有些質疑這樣就不算分是否太狠，但只能聽從老師的解說：每個地名在中文都有其正確的翻譯名，即使同音，一旦錯了一個字，那就不是正確的名字了。從此之後，我告訴自己每個地名用哪個字都要背清楚，否則就沒有意義。後來出國念書，聽同學討論起哪些地方發生什麼事，自己只能在腦海中默默地先把他們說的英文地名試著翻成中文，然後再推演這是什麼地方，很多時候根本完全猜不著，只好回家默默上網查，但早已錯過聊天時機。也有時想要說某個國名，卻只知道中文，於是自己把中文的地名音譯成英文，結果讓大家丈二金剛摸不著頭腦，不知道我在講哪裡。這種情形不勝枚舉，便深深體會到很多地方的中文名稱跟英文差超級多，好希望以前在學校時，所有地名除了中文之外，也能同時讓學生認識英文名稱或當地發音。不說中英相譯，就算同在華語圈，同一個地名，中國、香港、台灣、新加坡甚或美國華人圈的用語都有出入，以一個國際觀的角度，當然希望不管是哪個地方的用語，都能互相接受、了解不同地區的人說的是什麼。於是不得不回想起當初被逼得錙銖必較，即使同音，字錯了就全錯的教育方式究竟意義在哪裡。

國高中時的學校生活，回想起來是好浪費年輕精神和寶貴光陰的一段日子。那個階段被像填鴨一樣脅迫著死命背的書，現在根本都忘得一乾二淨，這樣不是腦力被壓榨得很莫名其妙嗎？背得要死不活的那些書究竟將來要做什麼用呢？難道真的像沈佳儀說的：「人生本來有很多事就是徒勞無功的」一樣嗎？（沈佳儀是電影《那些年，我們一起追的女孩》裡的女主角。）有人說，台灣的國高中也不是單純死背就行，因為要考好還是得融會貫通到某個程度才行。這說得沒錯，只是我覺得這樣以考試為指標的教育再怎麼融會貫通，還是錯失掉了教育最重要的部分，就是：讓學生學會怎麼應用所學來「創造出自己的東西」，這才是學校最應該培養的技能吧？而不是專精於選擇或對錯。我不知道別人的學校是怎麼樣，但我念的私立國高中應該算是填鴨中的極端，音樂美術家政或體育課這些課也許有寫在課表上，但老師不是自由活動，就是「借課」去上英文數學、自修或考試去了。直到上了大學從同學口中才發現原來別的高中還是有上游泳、家政這些大學聯考不用考的科目啊！而且直到上了大學，才知道「寫報告」是什麼東西。老實說，就算讀完了大學，我也沒有真正學會怎麼寫一份真正好的、有批判性、敢於與眾不同的報告。雖然大學也有接觸到所謂的「Open Book」考試，但真正理解到寫報告和論述的精神，還是在英國上研究所後。每份報告都是一份專精的研究，需要去閱讀、去吸收，然後再用自己的想法去朝某一個特定的主題寫出自己的理論或故事。也就是說，就算是研究同一個範圍的不同人，每個人都應該要寫出屬於自己的、創新的，跟別人完全不一樣的論點。這點是我在台灣求學階段都沒有真正體認到的事，但是我兒子女兒則是幾乎從小學開始就在做這樣的功課。我也因為他們念了英國的小學，才知道學習可以不用一直追求標準答案。就以功課的類型來說，除了數學以外，很少是單一答案類型的，大多數都強調要用自己的話寫出自己的想法，以多方位的成果展現所學和自身的理解。

年輕時不懂，被老師洗腦以為成績就是生命中的一切。師長每天耳提面命地說把書讀好是做學生的本分，（意指書讀不好就是做人失敗？）不只座號是照入學的成績排，每個人在班上的定位都被成績決定，班級之間每次大考完還要比較平均分數看哪一班贏。有一次月考我因為發燒沒去考，班上的平均分數比隔壁班輸了不知道零點零幾分，老師還開玩笑地說：「下次座號在前面的同學請不要缺考喔！」

不只是我，身邊的好朋友都常常因為成績的不完美而憂鬱到精神快出問題。睡覺前想著最好做的夢是考前總複習，拜拜的時候向老天爺祈禱的是明天一定要考好。還記得我可以為了兩分之差而傷心糾結，有一次原本考了八十八分，憂鬱至極，後來老師發現有一題另外一個答案也可以，所以我又得了兩分變成九十分，心情於是豁然開朗。現在想起這些事，都覺得真是無聊到不可思議啊。

天地之大，是從學校畢業後才恍然大悟，從前那些人為製造的壓力和痛苦，根本是荒謬的假象。不只一次跟爸媽提起，覺得自己當初那樣苦讀真是浪費了青春，媽媽總是會回我：「沒辦法啊，念書就是要這樣啊，每個人都是這樣，放了學就去補習，不然就會輸啊。你不要說這樣教不出好學生，啊不然竹科那些人都是怎麼出來的？台灣的半導體產業是怎麼來的？」是也沒錯啦，台灣的教育真的培養很多數學理化醫療的長才。比起歐美，咱們的理科真的很強，但不代表我們就懂得研發和創新以及特殊領域的專精發展。不然為什麼一講到最新研創，鏡頭總是自動轉向歐美？

後來我才理解，當初爸媽可是費了苦心把我們一家五個兄弟姊妹都送進他們認為升學率最高離家又不會太遠的最好私立學校。當爸媽的那麼辛苦，我長大後不知感恩還唧唧歪歪地抱怨沒受到好教育，難怪爸媽要很不認同我的怨言。

在這樣已經夠令人煩悶的求學環境裡，更令人討厭的是遇到大熱天。教室裡沒有冷氣，於是師長時常給我們的諄諄教誨，就是「心靜自然涼」。這個口號認真實行起來是還真的挺有用的，不過需要很強大的自我催眠力。老師總是告訴我們聯考時的教室也沒有冷氣，因此我們要把這樣的熱度當成練習，習慣了才有辦法在聯考時拿出正常的實力。好吧，沒有別的辦法也只能這樣。但是在逼近聯考的季節，空氣中沉重濕黏的熱氣像大鍋蓋一樣悶住了整個人的存在。在如此令人心煩氣躁的環境，課本參考書一本又一本，考卷一科又一科複習到爛，卻又無法不繼續嘗試將整本書輸入到腦中的煩躁，實在是對青少年的嚴酷考驗（與其說是考驗，不如說是摧殘）。那個時期最令人火大的莫過於三民主義這一科。因為考的大多是申論題，題目跟答案本身都極其生硬，於是我幾乎把一整本書都背起來，考試時再像嘔吐一樣整本吐出來。還好現在已經把三民主義從考試和課綱中拿出來，一方面替現在的孩子慶幸，一方面為當初死得不值得的腦細胞感到遺憾。

其他科目也一樣花了大把時間在背對人生或智力沒有幫助的東西，如歷史，考試常考那種要我們把各個事件發生的年份照順序排出來的題目。如果是年代差很多，能靠常識分辨出來也就算了，有的是差個一兩年的，或者一個在年頭一個在年尾的，如果沒背清楚年份月份就會答錯。真不知道背這些日期到底對智力或人生有何幫助？或者像地理，考對岸的鐵路經過哪些地方、哪些省分產什麼礦或農產物，後來發現我們背的這些東西跟現實根本已經差很遠，重點是，背這些究竟要做什麼啊？

還好在這樣苦悶的日子裡，還是很難得地會有幾天是令人期待的日子。例如：園遊會、軍歌比賽和烤肉。其中我最愛烤肉日。每到烤肉日，大家分工，有的人提供醃好的肉、甜不辣和花枝丸，有的人帶玉米、香菇，有的人買飲料，有的人負責火種和木炭，有的人準備紙盤、叉子。那天整個校園瀰漫著炭火香和肉香，大家都暫時拋開考試的煩惱盡情大吃大喝，綻放青春原本該有的嘻笑吵鬧。烤好了肉，不成文的規定一定要送一份去導師辦公室「孝敬」導師。每次送去，老師都會笑呵呵地收下，順便說一下「這沒有掉到地上？」或是「肉有烤熟吧？」這類的玩笑話。有時老師桌上也有別的班級送來的「貢品」，看起來是多到吃不完，於是我懷疑老師究竟有沒有真的吃我們送來的東西，對我們的「烤技」或誠意有沒有信心？畢竟那是個有人會嗆聲說畢業後要把老師「蓋布袋」的年紀啊。（但是我們學校的學生不敢啦，大家都是乖乖牌，是只敢趁老師不在的時候偷偷出一張嘴的典型。）

話說之後到國外烤肉，總是覺得很沒有烤肉味。不像台式烤肉就是要塗上一層烤肉醬吃起來才過癮，而且台式烤肉種類多元，從香腸、甜不辣、醃好的香噴噴雞肉牛肉豬肉、各式各樣的海鮮如蛤蠣、蝦、魚、章魚、小卷，還有鮮美的蔬菜如玉米筍、甜椒、香菇，數都數不完。但是在英國，根本沒有這些選項。他們所謂的烤肉，烤的主要就是漢堡肉和香腸，也沒有什麼烤肉醬。東西烤完夾進麵包裡淋上番茄醬變漢堡或熱狗，就這樣。蔬菜的話是沙拉，講究一點可能有烤箱烤出來的蔬菜或馬鈴薯。我想，他們的重點，應該是在喝酒吧！

這樣想起來有點好笑，不過在那一整個慘綠的青少年時代，烤肉竟然是我最懷念的時光。

台北夢想城

國高中時曾經兩次上台北找大姊。第一次是她剛上政大念書後，帶我們去校園參觀，然後到宿舍休息。宿舍在山上，窗外空氣帶著微涼，飄著樹木花草的植物氣味，是平常聞不到的新鮮清香。

姊的床邊放了一把吉他，說她現在加入了吉他社，沒事就要拿起來練一下。大學裡的吉他社似乎總是青春的代表物，年輕人的形象就是該手拿吉他，隨時都能自彈自唱一首。

姊介紹了她的室友們，我默默看著她們進進出出做自己的事，換上漂亮衣服出門去吃飯，或是慵懶攤在床上看小說的樣子，不敢相信痛苦的高中日子過後我也有可能跟她們一樣，過著獨立又自由的生活。其中一個室友是香港僑生，後來還曾經到我們台南的家造訪。當時媽問了她對於九七大限的來臨有什麼感想，她說安然待之。那時我還懵懂無知，不清楚九七大限是什麼，因為姊姊的這個同學我才對香港當時面臨的政治局面有深入一點的了解，現在回想起來不禁唏噓。之後我的高中同班死黨也考上了政大，每每去宿舍找她時，總免不了回想起當年初次拜訪政大的心情。只是同樣的地方，感覺少了一點夢幻。

第二次上台北找大姊，她剛大學畢業，到日商公司上班，在外面租了一個小套房。小套房租在台北最有異國情調的天母。天母的馬路寬闊，兩旁深綠色的行道樹襯著行駛而過的氣派轎車。我們去逛了大葉高島屋，雖然沒有買什麼，但是在那個招牌的大海水魚缸前駐足觀賞了很久。我們也搭著公車看台北街景，行經八德路，隔著車窗看見了台灣電視公司，這些平常只會在電視螢幕裡出現的名詞竟然活生生從眼前經過，我就像劉姥姥進大觀園一樣，心裡砰砰跳的，忍不住感到訝異新奇。當時還身在聯考壓力水深火熱中，忽然面對繁華的台北，目睹獨立自主的生活，空氣中除了機車廢氣還帶著自由的氣味，那是做夢般的感受，好到不敢想像自己有一天也能這樣生活，內心默默決定聯考後一定只選台北的大學。

自從見識到在繁華大城市裡獨立生活的滋味後，尤其喜歡想像離家後自己去逛超市，想要買什麼就拿什麼，不用問爸媽的那種自由，光是用想的，就覺得那是不可思議地美好。跟媽媽去超市採買時總是在後面默默腦補，畫面中浮現自己穿得漂漂亮亮，提著籃子，一樣一樣挑選喜歡的餅乾零食飲料，自己到櫃台結帳，自己付錢的樣子，這就是當時心中大人的模樣。

如今一轉眼已成為年過四十的兩寶媽，還是喜歡逛超市，但逛起來總不再那麼輕鬆隨性，買起東西來多少是一份為了工作（家庭主婦就是我的工作）不得已的感覺。當初幻想的夢幻生活已成為平凡無奇的現實。

偶爾和兒子撒嬌，談起將來他上大學時就要離家生活，我會有多捨不得。他都是眼裡散發著迷幻光芒地說：「上大學以後就跟朋友住嗎？沒有爸爸媽媽嗎？好奇怪，好難想像喔。」我點點頭：「是啊，那時就沒有人會幫你洗衣服煮飯，或買日常用品喔！」他不想理我，還沉浸在沒有大人管的幻象裡，我想他腦袋裡的畫面應該是一群男生在一起打電動打到天荒地老的樂園吧。看著他難以置信的神往，我心想：兒子啊，我懂。我也曾經那麼神往過獨立的生活。樂觀一點想，那麼我現在是不是也算是living the dream呢！

師大夜市

從新加坡搬回台北後，偶爾會回師大附近去晃蕩，企圖重溫學生時代對世界充滿期待的美好幻想。但不幸年過四十後，充其量只能當個年紀過大的假文青、八卦新聞所謂「飄出大嬸味」的中年婦女。街上來來去去的年輕小學弟妹們所發散出的青春氣息不禁只能讓人大嘆時光飛逝。

師大建築依然古色古香，但校園裡很多東西都變了。面對師大路那一整排的建築進駐了很多外來餐廳，而被列為古蹟、從前只賣一些滷味麵包之類

「速食」的文薈廳，現在則成了小型閱覽室，美食不見了，只有一堆學生在裡面聊天或看書。儘管外觀隨著時間而更改，有個東西卻是幾十年不變的：那是摸不到、看不著，空氣中漂浮的，春天時花瓣與春泥一起凝爛時的花草氤氳之氣。每到春暖花開之際，一走進校園，整個鼻腔就被那暖熱的味道侵襲，輾轉繚繞於咽喉與鼻腔交接之處。第一次聞到這個氣味是在師大，之後每次回校園也都是這個氤氳之氣，對我來說那就是師大校園特殊的氣味。

師大除了是教育界第一把交椅，旁邊的師大夜市更是以美食聞名，好多知名店家都是在這裡起家的。在那裡求學的四年，我們每天和夜市唇齒相依，三餐都靠它。師大夜市雖名為「夜」市，但附近巷子裡從早到晚都有很多誘惑很多選擇，早餐有全台第一家的一之軒，奶酥、螺仔、香蔥、香腸麵包和各式蛋糕怎麼都吃不膩，也是把我們養胖的碳水化合物罪魁禍首。早餐沒有時間出門買，因此我們都會在前一晚就出門散步兼買牛奶麵包。中餐或晚餐有很美味但很不健康的雞排加珍珠奶茶、後來聲名大噪的燈籠加熱滷味、遠近馳名大排長龍的生煎包。高級一點的也有我們很愛的泰式雲南或日式料理，但我所謂的高級一點，也不過就是有位子坐有冷氣吹而已。到美國當中文助教的那一年，曾經有個學生問我大學時都在哪裡吃飯，吃學校食堂還是會自己煮？我立刻回答：「當然沒有，每天都吃外面啊！」那個學生倒吸了一口氣，驚呼：「天啊，妳一定很有錢！」那時並不懂他這個結論是怎麼來的，直到在美國住了久一點，在外面餐廳吃過幾次，才知道原來在國外吃外面是一件很燒錢的事，絕對不是每天都吃得起的。

師大路除了吃的有名，還有間每天大排長龍的皮膚科。那間皮膚診所看起來小小暗暗舊舊的，很像小時候鎮上一個小兒科老醫生充滿藥水味的診所。雖然那時偶爾會冒幾顆青春痘，但沒有到需要看病的地步，因此很好奇怎麼每天都有那麼多人擠著要來看皮膚？沒想到後來這位醫生聲名持續大噪，還推出了自家醫美產品，逛街時在架上看到那熟悉的名字，不禁懷念起大學時的青春。

夜市雖然熱鬧精彩，不過我們也有一個更樸實省錢健康的選擇，就是在宿舍的地下餐廳吃。地下餐廳簡稱地餐，老實說東西不難吃，有湯麵、乾麵，有好吃的滷肉飯、滷蛋和筍乾，重點是東西很便宜，三四十塊就能吃得很飽。地餐旁還有簡單的理髮廳，雖然很少女生會在那裡弄頭髮，不過可能很受男同學的歡迎。地餐也是學生們活動的空間，有什麼需要一起討論的報告，都是在那裡的大桌子上生出來的。若有話劇表演要練習，也都是約在地餐彩排。於是每每回想起大學時的英語話劇，鼻腔總是浮起一股夾雜了濃濃油油的自助餐菜味和潮濕悶熱氣味。

女一舍

大一大二的必修課多，每天幾乎都滿堂。從小學被一路培養起來的午睡習慣，整個寢室六個女生都有。一吃完午餐大家都乖乖爬到書桌上的硬木板床睡個半小時的午覺。冬天的時候要從溫暖的被窩中爬起來上課，是件很痛苦的事。現在想起來，我們其實把大學念得很像國外的高中，不，也許比他們的高中更單純多了。

當時的學校宿舍相當簡樸，一個寢室睡六個人。沒有冷氣，到了夏天整棟宿舍悶得像發臭的烤箱，就算每個人都買一支電風扇對著自己狂吹也沒有用，感覺只是按下了有對流功能的烤箱而已，裡面全部的人都被均勻受熱，上下都有燒焦之感！

因為宿舍沒有冷氣，夏天時悶熱得令人難以忍耐，我常常跑到公館羅斯福路和新生南路交街口的二十一世紀烤雞去混一整個下午。那裡的烤雞很美味，冰綠茶也好喝，加上靠近台大，附近多是大學生，在那裡看書是光明正大的事。之後讀到李屏瑤在《台北家族，違章女生》裡書寫那個公館的地下道，不用想像就有身歷其境之感。公館的熱鬧，滿街的流行服飾鞋子，好吃的各式攤販和餐廳，是當時時常流連忘返之處。

後來回師大路逛夜市，看到宿舍每個窗外都掛了一台冷氣機，不禁瞇著眼羨慕了起來。當時如果有冷氣該多好？那年代的師大宿舍除了沒有冷氣，其他設備一樣非常基本（現在應該有升級了吧！），尤其是浴室和廁所的狀況實在有點可怕。房間裡沒有梳洗設備，廁所和浴室是全樓一起分享的。浴室的隔間非常狹窄，毛巾和衣服都得懸掛在門上才不會被噴濕。淋浴間裡感覺從來沒有被刷洗過，長年發著霉味，一不小心轉身就會碰到的石造牆面始終覆蓋著一層濕濕滑滑的不明黏稠物體，就怕不小心碰觸到牆面，於是洗澡的每個動作都必須非常小心。其中最可怕的莫過於明明該用來放沐浴用品的小層板，卻常常堆疊了像小山一樣，一片一片用過的、沾滿了已呈咖啡色的血液而散發出屍體味道的衛生棉，到現在我都還會做洗澡時不小心碰到這些可怕物體的惡夢。如果有男生幻想著女生宿舍裡浴室的春光，看到這裡應該已經幻滅了吧？

反觀最近在網路上看到現在逢甲大學的宿舍改建，木頭顏色的素雅，溫柔明亮的燈光和嶄新的浴室，看起來就神清氣爽。我很贊同他們長官說的「環境的刻苦不必然是成功的必要條件」和「從生活中落實審美的品味」，好希望當時有這樣的住宿選項！

住宿舍雖然沒什麼隱私，也不像外宿那麼自由，但好處是可以和室友變得很熟，培養出同甘苦、共患難的友情，也可以認識不同系的學姊學妹。

於是在宿舍浴室裡洗澡不時可以聽到音樂系的女生在浴室裡盡情練唱。像馬克吐溫說過的：Sing like no one is listening.（整句是：Sing like no one is listening, love like you never been hurt, dance like no one is watching and live like it is heaven on earth.）這些女生練起聲樂來真的是沒有在害羞的。平常鮮少能聽到聲樂的我，在女一宿舍的洗澡間倒是聽了不少免收門票的搖滾區。

在歐美大學宿舍男女混住是正常現象。但是當年師大的嚴格風氣，感覺上是比高中獨立一點的生活而已。不只男女宿舍一定分開出入口，在我就學當時更曾經有女生跑到男生宿舍找男友，被發現後以退學處分。理由是這是「師範大學」嘛，我們這些人以後是要當學生「行為模範」的，怎麼能忍受這種「骯髒」的事情發生？因此校方面對強大家長壓力一定要以最嚴格標準處分。但其實不被准許的事情並不代表就不會發生，很多人只好另覓去處，男朋友是別校外宿的通常每到週五夜晚就會消失。現在看新聞有不少台灣的大學也提供男女混宿的選擇，可以想像比較保守家長的反對，學生本身應該也有不少偏好男女分宿以求安心和安靜，但以大學生的年紀來說，若能在安全的環境下有混宿的選項，的確是一個學習如何和異性互相尊重、和平相處的好機會。畢竟，在學校宿舍裡不能混宿，不代表他們就不會去外面自己混宿。另外，比起歐美大學生每週末開趴喝酒吸大麻吸笑氣，台灣大學生流行的是上貓空夜遊、喝茶玩撲克牌或ＫＴＶ夜唱，已經顯得清純很多了。（還是那只是在我那個年代？）

BBS

那個年代的大學生，無人不用ＢＢＳ（電子布告欄的簡稱）上網聊天。黑色背景配上螢光色系的字，四四方方一格一格組成的圖案，現在看起感覺原始得有點可愛。ＢＢＳ盛行之時，每個大學都有自己的版，再點進去則有各系系版或各種社團版。於是就可以像在逛校園一樣，對哪個學校或社團有興趣，就可以點進去看看板裡面的討論和留言，其中又以批踢踢（ＰＴＴ）最熱門，其他像是不良牛牧場、台大椰林風情、陽光沙灘都是大家一有空就掛在上面的版面。

除了上站看討論之外，其實ＢＢＳ最受歡迎的功能應該就是聊天了。因為就算上了大學，除了系上同學、聯誼或社團之外，很難突破隱形的牆去認識平常生活圈不會遇到的人。但在ＢＢＳ上，校園的距離不見了，有機會遇到各個大學的人。在站上只要看到有意思的暱稱，就可以寄個訊息打招呼（這叫「丟水球」），看對方願不願意和你聊聊。「網友」這個名詞，也是在那個時候流行起來的。

在互相看不見臉的情況下，ＢＢＳ提供了即時筆友的功能，從一開始的試探哈拉到聊興趣，有緣的也許可以再進一步聊內心深處的感受。那樣的聊

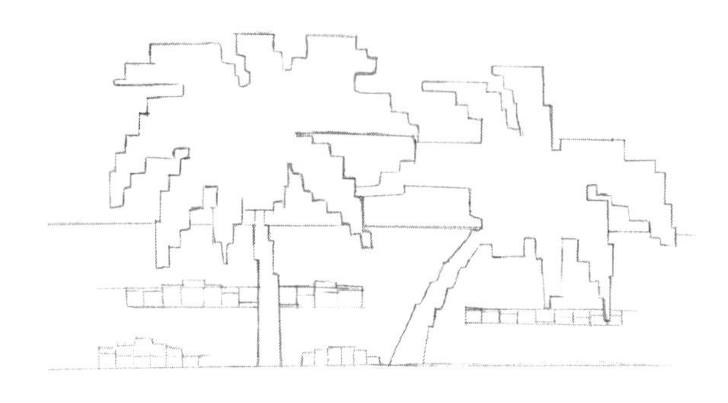

台大椰林風情曾是許多大學生感情和社團的交流平台。用現在的眼光看起來，圖案原始簡樸可愛。

天系統，有點純情、有點文青，因為不知道對方是誰反而可以聊心事聊得痛快一點，好多人都是從網路認識了男女朋友。不像現在雖然大家都是網美照，見了本人有失落感，那時根本沒照片，對方長什麼樣子完全只能憑空想像。聊久了，有的人見了面後直接陷入熱戀，有的人約了要見面，結果從遠處看到對方外貌嚇了一跳於是直接從對方面前走過，從此只好封鎖對方。那時起流行稱呼長相很抱歉的網友叫恐龍，而且似乎是針對女生叫恐龍妹，這很不公平吧？明明長得很愛國的男網友也很多啊！封鎖別人很麻煩的是，對方有可能改一個新帳號進站，就會發現你明明就在站上啊，只是用他本來的帳號會看不到你了，這就有點尷尬了。於是很多女生們習慣先用臨時的guest帳號進站探查一下敵情，安全時才重新登錄進站。

體育表演會與西瓜節

傳說中師大體育系多帥哥。想要帥氣高壯的男朋友，在師大校園裡最有機會的就是往體育系找，因此女生多的科系在校內最愛找體育系聯誼。至於他們每年的體育表演會，也是女同學們大飽眼福的機會。不是只有男生愛看美女，女生也愛看帥哥啊！而我們暱稱的「體表」，就是女生們絲毫不用客氣，眼睜睜看著眾帥哥們在我們面前展現肌力的大好機會。於是每年快到體表前，整個校園總是一片盛事將臨的氣氛，尤其是女生們特別期待。可惜我看了四年並沒有因此陷入體育帥哥的懷抱。

體育系也有不少女生，對她們強健的體魄和走路中藏不住的帥氣我總是抱著幾分欽羨。大一時必修的體適能課遇到一位體育系著名的鐵血女教師，她最討厭的就是白白瘦瘦看起來弱不禁風的女生（我當時就是這類型的經

每年西瓜節將至，校園裡到處各個社團代送西瓜、代傳情意的活動海報。

典）。這位老師看誰不順眼的時候是很明顯的，通常會直接走到你面前說：「你看看你這個樣子手無縛雞之力，風一吹就倒了，英文再好有什麼用？」於是就被叫出來多跑幾圈。我是很需要被逼著運動沒錯，但是平常不鍛鍊，一到體育課就被操個半死，導致每次上課前都很頭痛。

師大的另一個大日子，是個聽起來一點都不浪漫，甚至有點好笑又鄉土的西瓜節。西瓜是師大人拿來傳達情意的代表物，沒有人知道為什麼，就是一個習俗。後來聽官方解釋說因為每到六月，天氣相當悶熱難耐，西瓜這種東西拿來消暑剛剛好。又有一說是Watermelon音近「我的美人」，所以被用來當告白之物。每年到了五六月，整個師大布告欄就貼滿了「西瓜傳情」的手繪海報，尤其是連接校園和宿舍的地下道，平常就是海報曝光率最高的熱門張貼地點，一整年從各個社團的迎新宿營、團康活動、音樂系的發表會、體育系的體表會，或是各種義賣琳瑯滿目此起彼落，到五六月時更是被各個社團的西瓜活動占據整個版面。不只師大人對西瓜節充滿熱情，別校的男生在校慶當天也會紛紛前來朝聖，共襄盛舉，騎著機車載著一顆大西瓜前來向心上人示愛。就算不是男女之愛，很多社團的男生也會送上代表友情的黃肉小玉西瓜湊熱鬧。

西瓜是很消暑沒錯，我也覺得比鮮花更有用，可是每到西瓜節，我們自己號稱每個都是美女的寢室就擺滿了各地男生送的西瓜。這水果體積很大，每間寢室頂多只有自費買的一個小小冰箱，根本不夠放。於是我們會輪流把切好的西瓜放進冰箱冰，大家分著吃。其他吃不完的西瓜怎麼消耗掉的，跟很多事一樣，已經因記不得而成謎了。

現代舞

英國BBC製作的英日劇《義理／恥》（Giri/Haji），是部很特別的影集，裡面不乏台灣人熟悉的日劇大咖演員如窪塚洋介，但場景角色和劇情在英國和日本間來回。本片雖在講幫派廝殺與親情掙扎，卻在劇末安插了一段看似突兀的現代舞，是影評人口中導演「很任性」的安排。看著演員們將劇中每個角色的掙扎和愛恨情愁用短短幾分鐘的舞表現得淋漓盡致，竟然感動得掉下淚來。

其實我對現代舞的認識很有限，啟蒙是在大學的一堂現代舞課，課修完之後也沒有再深入研究。但這個初級班讓我認識了身體的情緒，發現肢體是可以用來表達或紓解內在複雜想法的。雖然班上同學全都是外行人，但在老師的引領之下親身體會了現代舞其實就是表達內心感受的一種方式，因此也學會欣賞每個人動作裡釋放出的情緒。期末考時，老師放一段音樂，要我們用自己的方式去詮釋去律動，那是我考過最自由、最喜歡的一次試。沒有同學會評論你跳得好或壞，大家都在沉浸自己的世界裡，用肢體伸展旋轉演出自己在生活中的感受。上完這堂課，發現現代舞沒有大家想像的那麼難懂和深奧，反而覺得每個人都應該能從中得到釋放和感動。

大學時修了一些系上同學都沒興趣的課，因為都不是大家口耳相傳中「很涼」、很容易混的。系上同學或同寢室的都沒人選這些選修，於是上這些課時我常常顯得形單影隻。不過我喜歡大學時想上什麼課就選什麼課的自由，無關同儕，現代舞就是其中之一。另外還有高爾夫、法文，雖然都只學到一點皮毛，但它們日後卻經常出現在我生活中，現在覺得有用得很。大學雖是專精學科的殿堂，卻也是打開人生從未想像過的視野很重要之階段。念大學雖然沒有比高中職畢業就出去工作更了不起，但我珍惜那些讓學子多層面嘗試，多方位學習的機會。像英文裡的The world is your oyster（世界是你的牡蠣。意指你可以在這個世界上做任何你想做的事，達到任何想達到的夢想），雖然我不喜歡吃蚵仔（要講幾次），但好的大學有義務激起青春學子那種對世界充滿好奇和探索的慾望。世界是他們的，年輕真好！

Part 5.

生命中的女人

阿嬤

阿嬤的龍眼樹

某個寒流來襲的早上，送完女兒上幼兒園，順道繞去附近的超市採買，結束後走上階梯，在5度C冰冷的安和路口等著計程車。綠燈完變紅燈，紅燈完又綠燈，我只是靜靜地站著，固執的等著一台讓我覺得看得順眼的計程車。在這樣讓人覺得有點疏離的，公車與機車呼嘯而過的路口，我半出神地，聽到了若有似無的蟲鳴鳥叫聲，幾乎有點像春天呢，跟這樣冷冽的空氣有點不搭。過了好一會兒我才懷疑地四處張望，這麼寒冷的早晨，在這樣水泥林立的都市裡，究竟鳥兒都躲在哪兒呢？我只能假設鳥兒是藏在對街，方圓幾百公尺唯一看到的那兩三棵樹上。是嗎？是從那兒發出如此愉悅的，可愛的吱吱喳喳叫聲嗎？思緒默默在頭腦裡尋找著，我的腦海裡出現了阿嬤家，那是盛夏的午後，我躺在那大大的木板床上，半睡半醒的。隔著蚊帳，在那格菱紋玻璃、綠色鐵花窗外，是熱鬧非凡的，響亮如雷轟耳的蟬鳴聲。閉著眼，想著阿嬤大概頂著火熱的豔陽，在後院裡忙著整理自種的蔬菜吧。

龍眼是屬於阿嬤家的記憶。曾經多到吃不完的免費龍眼，現在只能在菜市場買到。

露出地面的高麗菜葉，總是被蟲咬得一個洞一個洞的。阿嬤家的夏天似乎總是異常炎熱的，而我在那好眠的童年，就這樣懶洋洋地，幸福地躺在大床上感受著外面熱烘烘的生氣蓬勃。

阿嬤的後院裡不只養雞，還種了很多東西，有各式各樣的蔬菜和很多種類的水果。院子裡那顆巨大遮天的龍眼樹，每到結果的時節，若是爸爸有載我們過去看她，阿嬤就會要求爸爸搬出梯子，爬上去拔龍眼。爸爸在上面拔，我們小孩在下面撿得興高采烈，每次都能裝滿好幾袋。摘下來的龍眼一串一串，我們總是喜歡從撿到的戰利品中拔出幾個長滿果實的小分枝，到旁邊去慢慢享用。龍眼的甜濃濃郁郁，像一顆一顆乳白中帶著透明的糖果一樣。不同的是，這種糖果可以毫無限制地吃，媽媽不會罵，甚至還叫我們多吃點。

阿嬤家排行第二名的水果則是釋迦。釋迦樹就沒那麼高，不用踮腳就能採收。每當有小釋迦成形時，阿嬤就會小心地用報紙包起來，讓它們免受蟲害，好結成一顆顆飽滿的大釋迦。她的蔬菜水果都是不噴藥，而且用自產的堆肥養出來的，也就是現在流行的「有機農產品」。因為天然，釋迦上也難免會有一隻一隻小小的白色「菇神」（學名叫「粉介殼蟲」），媽媽總是叫我們小心地剝開，不要把菇神撥到果肉裡去。雖然外皮上有這些令人討厭的小蟲蟲，但撥開後，香甜的白色果肉露出來，一湯匙挖下去，一顆顆鮮甜美味在嘴裡滑動，然後訓練有素的舌頭熟練地把果肉剝開，吐出一粒粒黑色的籽。在那樣物資不充裕的年代，能不花錢就吃到如此甘美的東西，就是無可比擬的幸福。

這樣天堂般的水果，到國外生活時完全是不能奢望的美食。每次大老遠回台灣時，望見爸媽家裡熱烘烘的餐廳大圓桌上又擺了一鋁盆的釋迦，兒時的幸福感在臉上忍不住綻放。

灶咖

和小孩們去參觀了在圓山的林安泰古厝，有意外的小驚豔。驚訝於裡面的擺設傢俱和用品，真的都是讓我想起小時候阿嬤家的古物。最令人感動泛淚的，是那個傳統的灶咖，完全就是阿嬤家煮飯的傢伙。紅磚造的灶，上面可以擺放大鐵炒鍋，灶的下面開了個洞，可以放木頭報紙或乾草進去燒火，再下面又一個洞，可以搧風控制火勢大小。以前只要是在阿嬤家吃飯，就一定要在這樣的灶煮飯，因為阿嬤完全沒有任何現代的、需要插電的廚房設備。因此家裡總是囤積了不少曬乾的木柴，這對她來說是民生必需品，沒有木柴就沒有晚餐可以吃了。我們小孩最喜歡搶著放木塊和搧火，看著火一燒，火舌火花迸出，劈劈啪啪地夾帶著木頭的香味。那時才不管什麼空氣汙染呢，烈焰一燒出木香，我們就故意去吸個幾下，簡單卻濃烈的幸福。

灶台有兩個灶，一個放鍋用來煮米煮湯，另一個放大鼎可以炒菜煎肉。廚房裡還放了一個紅陶大米缸，要煮飯前我們就搶著去米缸裡撈米出來，放在鋁盆子裡，雙手捧著到廚房外、三合院的前庭邊順著走道挖低成水溝處，綁著黃色塑膠水管的水龍頭下一次一次抓著沖洗。看著淡淡乳白色的水流出來，沿著淺淺的水道流去，就是我們這些小毛頭洗（玩）米（水）的樂趣。

用灶煮出來的飯經常是偏硬的，不如現在電子鍋煮的軟嫩。但阿嬤的菜色總是簡單卻好吃，煎個蛋或香腸，再炒個菜我們就吃得很高興。如果有當晚吃不完的菜，常常都是罩個罩子或放進「菜櫥仔」裡就好了，因為阿嬤也沒有冰箱。爸媽曾經說過好多次要買冰箱給她，阿嬤總是說不要，她不習

古早灶燒柴火冒出來的煙，讓阿嬤煮出來的飯別有一番風味。

慣，就算買給她她也不會用。後來在誠品書店逛到〈拙木創作〉一系列的木製菜櫥仔系列，簡直嚇呆了，站在那裡久久不能離去，不敢相信這種小時候普通到不行的東西，在幾十年後，竟然有人付出如此心血，用一枝一枝木條去架構成這樣的精品。我曾經以為已經不記得的東西，只需看一眼就如棒喝般驚醒，原來小時候的菜櫥仔是生活中那麼重要的一部分，是如此珍貴的記憶。〈拙木創作〉之後也出了其他系列，如微型古屋、學校桌椅等等，同樣漂亮細緻得令人驚嘆，很欣賞他們有如此技術和毅力把台灣古厝古物藝術發揮到極致。

在阿嬤家吃完飯要洗澡，

也得用灶煮熱水，然後搭配一桶冷水調到適當溫度才有溫水澡可以洗。古厝的浴室和廁所都不在房子裡，得走到外面獨立的簡單磚造小房。洗澡時就得提著一桶重重的水去，這樣洗的水量自然形成配給制，姊妹們總是快快用水瓢沖個幾下，就怕把熱水用完阿嬤又得煮水煮不停。至於廁所，因為和房客以及外面鐵工廠的人一起使用（甚至懷疑路人是否也會走進來用阿嬤的廁所），衛生狀況總是有點可怕。一個黑洞式的蹲式馬桶，進去時常常會看到別人留下來的米田共和上面一群群蒼蠅繞著它爭先恐後地飛舞。看見這種景象，就得鼓起勇氣，閉著氣進去沖水後才能使用，雖然現在想起來很可怕，那時只覺得是生命必須忍受之無奈。抱怨是什麼東西？我們不懂。

阿嬤的房間裡一樣，除了一架鐵製電風扇之外，其他一點現代設備全無。床邊有個綠色鐵骨的臉盆架，晚上她會在盆裡放水，叫我們拿布擦擦臉洗洗手，再爬進垂蓋著蚊帳的大木床上。睡覺前則要先把尿桶從床下搬出來，半夜尿急可以就尿桶解決，不用冒黑走到屋外的便所去。晚上要打開臥室門走出去是有點可怕的，除了外面一片漆黑外，院子裡還有一個作廢的古井。印象中好像總是有一些傳聞，又或許是我們小孩子自己幻想出來的故事，說古井裡曾經有人掉下去，後來有些靈異現象，於是把古井封起來。後來在西班牙Istán山區小城看到小廣場上裝設很多天然流出的山泉水水龍頭，居民都拿著桶子去裝水回家用。那種靠天喝自然水的閒情雅致，和阿嬤的古井大不相同。

阿嬤臥室旁是工作的房間。她是個裁縫師，裁縫車是她的生財工具。說是生財工具，其實也沒賺到什麼錢。獨居時，拿衣服來改的人客有時會藉口說忘了帶錢，阿嬤就會說沒關係不用了。如果是認識的左鄰右舍，她甚至也不好意思收錢。為了這點媽媽常常很生氣，叫她不可以那麼爛好人，難怪大家都來占她便宜。但阿嬤生性「古意」（憨厚老實），在那個里長還會拿錢挨家挨戶賄選的年代，阿嬤每次收了錢，一定會說到做到，去投那個候選人的票，要不然她心裡過意不去，這點也總是讓媽媽受不了。阿嬤的寶貝裁縫車旁放著一個梳妝台。梳妝台上面有抽屜，下面左右兩邊也都有抽屜，裡面有好多好玩的寶藏，像是各式各樣的鈕扣、布料，還有用來畫在布上的塊狀蠟筆，都會被我們偷偷拿來玩。我們從小就常常看她在做衣服、縫東西，也跟著學會怎麼使用針線。每次去阿嬤家，我們都會去開抽屜，撿出她裁縫用剩下的小塊布料，把它們縫上漂亮的鈕釦當娛樂。

裁縫桌上總是放了兩三本日本時代的穿搭雜誌，裡面每個女生穿著很高雅的，像絲質襯衫、A字裙這種我平常沒看過的衣服。冬天的專輯裡，一個個身著合身的灰色或米色毛料大衣，內搭高領菱格紋毛衣，手提著氣質方型包包。這些都會成熟女性穿搭在小小的、沒「進過城」的小女孩腦海中，是很不可思議的。老實說，這些衣服到現在穿都還覺得是很時尚，一點也沒有退流行。甚至現在到日本，翻到類似的「大人」的時尚雜誌，還會傻呆呆地對著那一頁又一頁知性又美麗的上班族女性出神，彷彿又回到那個小女孩憧憬著大人世界的少女情懷。發現阿嬤原來在那個古舊的孤獨鄉下三合院裡，默默地走在潮流的前端。

青阿

上國中後越來越少去阿嬤家，也不像小時候會去她家過夜，漸漸地她跟我們之間也少了共同的聊天話題。每次見面，為了破冷場，她總是問：「啊你這次考第幾名啊？」考得好她就開心，考不好她就叫我要加油，然後我們就陷入尷尬的安靜。

大約是念國二的時候，某天在家裡看到爸爸媽媽臉色凝重地討論事情。似乎是一件不想讓孩子們聽到的事，他們倆唏唏嗦嗦的，有時停頓下來，有時嘆氣。我在旁邊晃來晃去，大概聽得出來是跟阿嬤有關的事。等到爸媽討論完後幾天，媽就直接跟我們說了，說阿嬤最近犯了疑神疑鬼的症頭，自從在庭院裡砍了一棵青阿（榕樹）之後，便常常發現家裡的東西不見。明明手上剛放下的東西，等下回來拿就找不到了。於是阿嬤懷疑是她砍的那棵榕樹上有住「東西」，被她砍了之後心懷怨恨於是找她報復。因此便常常心神不寧，整個人都變得怪怪的。

爸媽兩邊的家庭都是非常非常鄉下，宗教信仰也非常地local。祖公嬤、三太子、關王爺、童乩等等這些，都是生活中舉足輕重，跟吃飯喝水一樣不可或缺的篤信。發生這個榕樹事件後，阿嬤堅持要請童乩來「發」一下。（童乩進入我們看不到的世界去，幫我們看看到底發生什麼事了，要怎麼解決。在他進入那個我們看不到的世界時，整個人會搖頭晃腦，全身抖動，嘴巴念念有詞，這樣的狀態叫做「發」。）

我不曉得自己對這種事信不信，但我很尊重家裡的宗教信仰，對冥冥之中的鬼神也多存敬畏。媽媽雖然覺得阿嬤在大驚小怪，但也只好順從她的心意，請了童乩來問問。問了第一次，童乩提供了解決辦法，阿嬤顯然是動到了不該動的東西，要燒金紙給不小心觸怒的鬼魂、要拜拜、要去廟裡貢獻香油錢。這樣做了之後，阿嬤還是覺得常常不見東西，晚上還是常常睡不著。於是一次又一次要求媽媽再去請不同的童乩來問卜。爸媽心不甘情不願地，出於安撫的心再去請別的童乩問了很多次之後，阿嬤的精神狀況一點也沒有好轉。爸媽其實覺得阿嬤這樣根本就是老化的現象，東西放在哪裡忘記了，卻怪給不知名的鬼魂，尤其阿嬤自從女兒們都出嫁後，都是一個人住，因此平常沒有人可以聊天，也覺得是這樣加速她的老人退化症狀。

自從這榕樹事件之後，阿嬤的情況越來越像老人癡呆，說過的話一再重複，一直不斷要求要問神、要拜拜。爸媽怕她一個人越想越多，便把她接來和我們一起住，方便就近照顧，但阿嬤每天重複著一句話，就是「我要回家」。無奈的媽媽像「騙小孩」一樣，每天努力找各種方式搪塞阿嬤吵著要回家的要求。但阿嬤就像壞掉的錄音帶，一直重複著同樣的句子，她也許真的喜歡一個人住，但有幾次阿嬤也說出其實真正的原因是不想讓惡靈跟著她來我們家住。媽媽有時氣得受不了，跟阿嬤說：「有膽他就來啊，來找我啊，我不怕！」無話反駁的阿嬤也氣噗噗的不知如何是好。

偶爾阿嬤還趁媽媽不注意，偷偷離家出走，想要走回離我家大概有五六公里的老家，結果在大街上迷路，過了好久才被找回來，讓我們好驚嚇。除了心智上的退化，阿嬤的身體也每況愈下，先是眼睛看不見，去開了白內障手術，然後是跌倒，過了很長一段復原期，但接下來的飲食起居、上廁所、洗澡，都漸漸成了問題。媽媽家務繁忙，沒辦法時時刻刻都在阿嬤身邊照應，於是請了一個菲籍看護來照顧阿嬤。這一整段期間，從榕樹事件到阿嬤離世，十幾年的時間，阿嬤都是媽媽心中的一塊巨大石頭，壓得媽媽眉間始終有說不出的鬱悶，很難喘息。我也記得爸爸媽媽那時說，五十幾歲似乎是他們人生中要面臨最多考驗的時期。不只上有父母年老，需要龐大的時間照顧之外，我們小孩又都已離家，不能隨時在身邊陪伴。加上我們每個人選擇的路跟爸媽對我們的期望有很大的出入，情感和事業路上也遇到不少波折，更是讓他們擔心。

從小我就對人世時間變換之迅速很敏感。看到爸媽那時無時無刻背負在心頭眉間的巨石，我已經想到自己以後也得面對這樣的重擔。中年真的是一個充滿挑戰性的階段：上有年邁體衰的父母，下有尚未能獨立或已離家的子女，而自己也面臨著年華漸漸老去，身體日趨衰退的心理和生理雙層感慨。一轉眼，自己也已年過四十，慢慢地步上當初「挫勒等」、爸媽感覺壓力大到要憂鬱症的這個年紀。

有一次女兒問我，阿嬤的媽媽是誰？我的內心浮起阿嬤還沒生病前總是笑咪咪的樣子，正在想著要怎麼跟女兒介紹我的阿嬤，在旁邊的媽媽聽了立刻說：「你媽媽的阿嬤就是我媽媽啊，但是她已經過世很多年了，所以我是個孤兒。」雖然媽是用幽默的口氣說的，但我卻覺得那是她內心真實的感受，要不然不會如此脫口而出。原來不管年紀多大，失去了爸媽的人，都會覺得失去了心裡的依靠，心裡那個小孩，都會覺得像孤兒一樣落寞吧。於是，我也畏懼著自己終將變成孤兒的那一天。

媽媽

別人的媽媽

大學畢業後到美國當中文助教那一年，趁聖誕節假期跟著中文班的美國學生Katie一家人一起開車去度假。說是學生，其實我也比他們大幾歲而已，相處起來更像是朋友。從華盛頓州到猶他州的鹽湖城路途中，我們在一家Holiday Inn休息，放了行李梳洗一下，離晚餐還有一段時間，於是我就先到Katie和她媽媽的房間裡串門子。飯店房間不大，我們就坐在床上閒聊。過了不一會兒，Katie的媽媽從床上站起來，開始大大方方地在我面前脫掉衣服，換上三點式泳衣在房間裡晃來晃去，準備等一下要到飯店的游泳池裡去好好放鬆一下。雖然我強裝泰若自然地繼續和她女兒聊天，但心裡其實訝異得要命。怎麼……怎麼會當著大家，尤其是我這個外人的面，這位媽媽就毫不遮掩地退去羅衫，換成如此清涼的造型，完全不用躲去廁所換？但看看Katie的表情，卻是很習慣的樣子。她那麼鎮定，那我怎麼能表現出驚訝呢？表面上當然也只能強裝堅強，但天曉得，其實內心裡，下巴早就驚訝得掉到地上了。

別人的媽媽對我裸裎相見這件事完全改變我對全天下媽媽的既有觀念！因為……我親愛的老媽不只打死都不可能在別人面前脫衣服、穿泳衣，而且從小到大我只看過她以長裙示人，嫌自己腿粗的她不只從來沒在別人面前露出小腿，更不用說是大腿呀！

因為從出生後就跟大部分的人一樣，只有一個媽，所以小時候以為全部的媽媽就只有我媽這一種版本。長大後，才有了驚奇的大發現：別人的媽媽跟自己的媽媽很不一樣耶！在這個泳衣事件晴天霹靂後，漸漸注意到了每個媽媽都很不一樣，並不是每個都跟我媽一樣過著樸素又深居簡出的日子。這些媽媽有的外向、有的強勢、有的愛嚼舌根、有的愛鑽研廚藝、有的社交生活多采多姿。而這個在我心目中，從小到大都被我視為標準型的媽媽，原來是很特別的，只有在自己家裡才找得到的！

媽媽從小就只有由外婆帶大，讀完初中後就開始幫忙外婆賺錢謀生。和我爸結婚後，不僅生了五個孩子，而且還要親手全力支持我爸自己創業所開的店，店裡大大小小的事無敵多，包括記帳、管理業務，甚至有時得自己煮午餐給店裡大約七、八個員工吃。光是這些就夠忙了，但在照顧全家大小生活起居和店裡繁忙業務之餘，還要加上一個拜拜。三五天就來一次的敬神牲禮也是我媽生命中壓力的一大來源，一忙起來媽媽常會頭痛到沒辦法起床。

某次和同學談論到這個問題，才知道其實很多人的家裡是不用每月一大拜，每週一小拜的。我曾經很認真的想像，不用被拜拜束縛住的媽媽，該會有多自由？

媽媽的青春歲月就是在這樣一陣忙碌中度過，她的辛苦，小時候傻傻不了解。長大了，尤其現在自己當媽以後，才能深深體會到媽媽當初的辛苦，懷疑她到底是怎麼撐過來的，肯定是神力女超人！而且我還只是生兩個，又沒上全職的班，就已經一天到晚唉唉叫說沒時間，相較之不禁覺得慚愧。

因為她總是這麼忙碌，自然沒有什麼所謂的「陪小孩」時間，我們只要能不惹她麻煩，就是達到當小孩的基本要求。可是哪個小孩不希望有媽媽陪，有媽可以話長短？小學時媽媽時常坐在樓下的辦公桌幫忙算帳，若想要討得一點關懷的話就得去辦公桌附近遊蕩。無奈員工叔叔送貨之餘也會在那裡辦公和休息，每次一看到我又跑去找媽媽講話，他們就會不約而同地說：「哎呦，這麼大了還來塞奶（撒嬌）喔。」每次被這麼說心裡總是很不舒服，我只不過是和自己媽媽說說話而已，也叫塞奶喔？後來為了怕被譏笑，便越來越少找媽媽。

現在兒子女兒還會想要跟我抱抱，我開心都來不及，我們也固定每天都會抱一下，但視訊裡的媽看到了，卻也總是說：「哎呦，這麼大了還這麼塞奶喔。」一聽到這句話，以前受傷的感覺又再度浮上心頭。親子間表現出的親密這麼美好珍貴的東西，為什麼要被附加上「撒嬌」這個詞背後代表的

「長不大」、「羞羞臉」的負面含義呢？相信媽媽也是喜歡被小孩或孫子抱的，但是她從小一定也是被這樣的傳統觀念教育，變成了一種下意識，認為小孩向大人討抱是一種不成熟的表現。他們成長的過程，一定也是渴求爸媽的關愛卻又被要求不能表現出來吧？於是也替長輩們心裡住的那個小孩覺得心疼。

媽媽的洋娃娃

小時候家裡經濟狀況不太好，因此從來沒有買過什麼玩具。我們玩的東西，都是就地取材，例如爸爸店裡常用到的橡皮筋、大頭針、轉印紙，或陽台盆栽旁的螞蟻、蝸牛和泥巴。長大後搜尋整個腦海，小時候擁有的，真的稱的上「玩具」的，頂多就是幾本公主圖案的著色本，或是那時很流行的，可以換裝的紙娃娃。儘管如此，我們玩得很高興很知足，對玩具並沒有多麼強烈的渴望。漸漸地到了國小五六年級，感覺家裡環境好像慢慢變好了。有次媽媽帶我和三姊去台南市逛百貨公司，逛到了玩具部，媽媽牽著我和三姊的手，走到了洋娃娃區。她站在那一整排美麗的洋娃娃前呆了好一會，突然感嘆了一聲，然後用像是宣誓一樣的口吻，說：今天我要幫妳們一人買一個洋娃娃！我和姊姊很高興，兩人決定要挑同一款式，但穿著不同顏色的兩個金髮大眼娃娃。

雖然當時年紀小，那個景象卻深深印在我腦海裡。始終沒說出來，但我知道心裡有種情緒澎湃的感覺。現在回想起來，彷彿那時就知道，我和姊姊買的那兩個洋娃娃，與其說是為我們自己買的，更像是為媽媽買的。因為我感覺到，能買給我們洋娃娃這件事，對媽媽似乎有很重大的意義。

現在早已搬離爸媽家，自己也當了媽。以前那個房間的東西都收拾得一乾二淨，只有那個洋娃娃，還是穩穩地坐在床頭櫃上。我帶小孩回台灣爸媽家時，一歲多的女兒偶爾會進去房間抱抱床頭櫃上的洋娃娃。女兒並不嫌那娃娃舊舊髒髒，總是很幸福摟著娃娃，抓著那已經成條狀的頭髮，開心地笑。女兒的兩個大眼睛就像那洋娃娃一樣。

＊此篇文章曾收錄於皇冠雜誌。

嫁出去的女兒潑出去的水

結婚時沒有辦西式的婚禮，只在南部家裡附近的國小禮堂辦了一場再傳統、再鄉下不過的流水席。原本老公考慮在英國也要辦一場，但兩人都覺得太麻煩，加上新娘子本人對婚禮不僅從來沒有任何嚮往，反而很畏懼這些場合的壓力和準備的繁瑣。至於台南的流水席，感覺主角是我爸媽，為了他們辦婚禮我倒覺得很開心。歐美電影或影集常會演到新娘子對婚禮各種大小細節的執著，或者散盡積蓄也要在「人生中最重要的一天」辦一場風風光光的婚禮，每次看了都不禁質疑：新郎你真的要娶這種人嗎？（幸好六人行裡的Monica最後回心轉意，不傾家蕩產去辦婚禮，不然我從此不會喜歡她了。）相反地，如果是新郎堅持要在婚禮那天散盡家財，我也會覺得新娘子妳趕快跑吧！也就是說，如果我的對象把婚禮視為人生中最重要的一天，也可以為了這幾個小時把本來就不多的積蓄用掉，我不但不會覺得他這樣表示很愛我，反而會質疑他跟我的價值觀有在同一頁上（英文的on the same page啦）嗎？

在台南請客的前兩三個月，我在台北已經拍完婚紗，搞定要換穿的三套禮服。回到台南家裡，喬好親戚當我的新娘化妝師，只剩下當天要穿的高跟鞋還沒備齊。於是和媽搭了興南客運去台南市的新光三越採買。逛鞋的時候，媽媽用苦中帶笑的表情說：「哎，這是我最後一次幫妳出錢買東西了。」「幹嘛啊，我知道養兒女很花錢，但也不用這麼急著把我撇開吧！」我心裡OS。

其實我知道媽的意思是女兒結婚以後就是別人的了，以後我不在她的管轄範圍了。換句話說，就是俗語裡的：嫁出去的女兒潑出去的水。但我真心覺得這句話是很大男人沙豬主義下的產物吧！從周遭中西親朋好友的經驗看來，我完全不覺得嫁出去的女兒是潑出去的水。相反地，女兒因為本性貼心，跟爸媽比較親，加上女兒的老公跟親家母又不容易像兒子容易卡在婆媳之間，反而大多相處融洽，因此女兒結婚後反而不會像兒子一樣變成別人的。尤其是在現代一點的社會，看過大多是太太的爸爸或媽媽比較可能會跟他們一起住，而不是先生的爸媽。因為家裡掌管一切流程的人通常都還是女主人，兩個女人若要在同一屋簷下生活，自然就會有誰要掌政的問題。母女同住雖然也很容易吵架，但母女吵架才真的是床頭吵床尾和，不像婆媳彼此互看不順眼卻不能大聲講清楚說明白，說明白後很容易就從此不合互相厭惡，這乃是人之常情啊！畢竟媳婦小時候的屁股又不是婆婆擦的。

總而言之，佳玲就算嫁人了還是可以常常回娘家；女人回家從不該因為結婚而變得很難。因為女兒不管有嫁沒嫁，都應該永遠是父母心裡的明珠吧！（回應林氏璧醫師對疫情很難回到零確診的「佳玲已經嫁人」比喻一說。）

他是老師耶！

帶孩子回爸媽家過暑假，在某個剛被南部中午大太陽轟炸完後，空氣依然像是被暖氣罩籠罩的四點多，和媽到附近的國小去遛小孩。快走到學校時，媽媽看到在值導護讓小朋友放學過馬路的老師，就趕緊跟孫子孫女說：「你們看，他是老師耶！」口氣中帶著看到偶像的崇拜。

我家兩小看了一眼，並沒有什麼反應。但我「雙面人」的頭腦立刻出現。一方面理解為什麼這兩個小孩對一位從來沒看過、別人學校的老師沒有任何反應，另一方面也很懂老媽為什麼看到一個素昧平生的老師會有看到神一般的尊敬。因為從小到大，她始終灌輸我們幾個概念：

1. 當老師很好。那個某某某當老師，到了五十還是六十歲退休，每個月領豐沃的退休金，每天都輕輕鬆鬆，過著很清閒又優裕的日子。所以你們只要當老師，一輩子就會幸福美滿。

2. 老師很高尚、很厲害、很神聖、老師什麼都懂，所以千萬不要質疑老師。念國小時，我曾經搞不懂注音第二聲和第四聲該從哪邊撇向哪邊，在我的認知中兩個長得一模一樣，只是寫的時候一個要從左下撇到右上，一個從右上撇到左下。有幾次我的第二聲和第四聲被老師用紅筆圈起來。我問媽媽：兩個寫起來都一樣，老師怎麼看得出來我寫錯呢？難道她看得出來我從哪邊起筆？媽媽看都沒看，就說：老師很厲害啦，老師什麼都知道啊。長大了才發現原來第二聲跟第四聲長得根本就不一樣，老師不用很天才，就能看得出我寫錯了好嗎。

在老媽用小女孩般的眼神欣賞著導護老師那一刻，我才訝異地發現，即使在這個人人說老師不好當的年代，她的世界裡，老師還是一樣崇高偉大。也許這種心態從小時候已經根深柢固，於是下意識地灌輸我們這個觀念，尤其她常說：以後不要像你爸爸一樣做生意，很辛苦的，還是當老師最好啦！即使她總是會栩栩如生地描述自己念國小時因為背書背不熟被老師毒打的慘況。看來兇狠的體罰在讓媽媽畏懼之餘，更變相加強了老師在她心裡的權威地位。到了聯考後要填志願時，我雖然選擇了師大，但和媽媽再三約定，這不代表我以後會去當老師喔！當年的師大分公費和自費。自費生不用被綁著畢業後要教幾年才能自由。媽媽藏不住心中暗喜地點頭：「賀啦賀啦，哉樣啦（好啦好啦知道啦）。」

出國後，聽到英語裡有個說法：「Those who can, do. Those who can't, teach.」（簡單翻譯意思大概是：有辦法的人，可以在其領域大放異彩。不行的人，就只好去教書了。大家也常常把此句意思簡單用「Those who can't」短短一句表達。簡言之老師這個職業就是「那些不行的人」。）這個道理就像：鋼琴彈得出眾的人，就去當郎朗、周杰倫或王力宏，但沒辦法在鋼琴界出人頭地的人，就去當音樂老師；理科強的就去當李遠哲、張忠謀或林百里，不夠強的就去教理化；在政治界闖得出一番天地的就去當總統、行政院長或市長，選不上的或下台後沒事做的就去大學教書。以此類推。

這個理論給當老師的人聽到，當然是會引起極度不悅跟無奈。但此話還不止到此結束，嘴賤的在後面又補上一句：「Those who can't teach well, teach primary.」意思是：如果連教書都教不好，那就只好去教小學了。哇！這簡直就是要讓小學老師圍毆了。會有這樣的思維，是因為當老師在英美的薪水都不是很高。

相反的，在民風純樸的台灣鄉下，大家都跟我爸媽一樣喜歡兒女當老師，想要他們捧個鐵飯碗。於是我高中的班上就有超過百分之七十的人都選了師範院校。那時有個要好的同學，很硬骨，不屑大家這種鼓吹當老師有多好多讚的態度，從那時起就立志以後不要當老師，要走商業，甚至還到倫敦念了企管碩士。結果回台灣到公司上班後不久，聽說她離職轉行去當英文老師了，而且還不是普通的老師，是用盡熱情燃燒生命無時無刻不想著如何設計活動引發興趣的超級老師。生了小孩後，還在家開起了內容生動豐富有趣的Playgroup，成了他們那一區的媽媽名師。像這樣的老師，誰敢說他們是因為能力不足才去從事教職？老師雖然不像我老媽想像的都很高尚很厲害，但不得不承認要成為一個好老師不只要有專業知識和技能，還要有無比的耐心和愛心，在某個程度的確是相當值得敬佩的。

媽媽的手

兩個小孩小時候睡覺都喜歡握著我的手。最近找到一段孩子還小時的紀錄，關於他們睡覺和我的手之間的關係：

哥哥已經五歲，習慣自己入睡了，但上床時還是常常要求我在他身邊躺一下，好讓他握著我的手。因為他說我的手有神奇的「想睡覺」能量，握一下就想睡，爸爸的手就是不行。而妹妹不只要入睡時一定要牽著我的手，還喜歡咬我的指甲，或含著我的手指入睡。很奇怪的習性，因為她並不會含自己的手指或咬自己的指甲，但不知為什麼對我的手就是情有獨鍾。

妹妹才兩歲時，半夜偶爾還會醒過來找媽媽，每次她醒來，第一件事一定是要求要牽我的手。一旦手給她牽了，那小小的臉龐又帶著滿足，安心地入睡。直到現在孩子都大了，還很愛戀我的手，就像我當初愛戀媽媽的手一樣。因為自己也曾經有同樣的感受，所以了解媽媽的手在孩子心裡的地位。

小時候我也很喜歡媽媽的手，睡覺的時候一樣總是想牽著她的手入眠。那時常躺在床上，抓著媽媽的手猛看，從指甲看到手指看到掌心，像在研究一幅心愛的畫一樣，想把每個細節記入腦海。那時覺得媽媽的手好美，長長的手指，配上稍微尖尖的橢圓形指甲，希望長大也能和她一樣，有那麼好看的手。

再長大一點，偶爾會有點龜毛地發現媽媽的手有大蒜的味道，雖然有點討厭，但愛媽媽手的心情一樣不變。現在自己也得下廚房煮飯，炒完菜後，雖然也用肥皂洗過手，還是常常會聞到自己指尖的大蒜味。我知道女兒若是聞到這味道，喜歡的心情應該會立刻減半，但我可不是嬌貴的少奶奶，都不用下廚煮飯的啊，也許指尖的蒜頭味才是真正的「媽媽的味道」啊？

以前媽媽右手的大拇指靠近指甲邊緣常常腫脹疼痛，於是她便「懸賞」我們，如果幫她按摩一次手指，可以賺一塊錢。我們常常搶著按，而媽媽也總是痛得唉唉叫，卻又叫我們不要手下留情地大力按下去，那種又痛又爽的感覺，就像運動完後的肌肉痠痛一樣，雖然按了會痛到骨子裡，卻又很過癮。媽媽沒有那麼「搞剮」（大費周章）去計算按一次是多久的時間，所以我們就按到媽媽說可以了然後領一塊錢。這種賺零用錢的方法還真是把自己的成就建築在媽媽的痛苦上。

後來媽媽發現自己頭上長出了白頭髮，懸賞的工作也多加了一個「幫媽媽拔白頭髮」，不只得拔媽媽自己看得到的白頭髮，平常也要像老鷹般巡視她的頭，如果有看到白頭髮也要主動跟媽媽講並幫她拔掉。爸爸總是在旁邊看笑話似地說：「這樣拔下去你很快就變光頭了。」媽媽就會立刻惡狠狠地「青」（瞪）爸爸一眼。

風水輪流轉，而且轉得很快。現在的我每照鏡子，就會看見頭上有好幾根很耀眼的白頭髮，很惱人。我總是忍不住二話不說就立刻伸手將它們拔下來。在拔的那一剎那，就像對命運的復仇般地爽快，是很容易上癮的感覺。不只表面的白頭髮拔完，還要將頭髮整個翻一遍，檢查一下裡面還有沒有，看到的一律殺無赦，雖然一邊擔心自己再拔下去就要禿頭了，也很難停得下來。當廝殺完後，看著自己拔下來的頭髮在桌上排成一排，有種悲從中來的感受。現在的我不就是當時的媽媽嗎？想藉著拔白頭髮來掩滅自己已「慢慢成熟」的證據，歲月真是不饒人啊。

媽媽的拿手菜

兒子念幼稚園時，我每天下午都在社區大門口等他的校車，接了他再一起漫步回家。五歲那年的母親節，他在學校做了一張卡片給我，一下校車便興高采烈地交到我手裡。上面畫了很多圖，有我們去海邊玩的「印象畫」，還有他喜歡的車子和機器人，這麼熱鬧的卡片上，唯一寫了一個給我的句子是：Dear Mummy: I love your food.（親愛的媽咪：我很愛妳煮的菜。）

沒有當過媽的人可能會覺得這個句子也太短了，而且好像沒寫到重點似的，怎麼只講到吃的，沒提到母親節。但是，看在我眼裡，卻覺得兒子講的話很直擊要害，因為有哪一個媽不喜歡看小孩吃自己煮的飯時那樣大口大口吃，吃完後飽足的樣子？為了要確認兒子是真心讚美我的廚藝，而不是學校老師教大家都這樣寫，我還特意問了一下：「寶貝，這個句子是你自己想的，還是老師說可以這樣寫？」兒子看著我，很理所當然的表情：「是我自己想的！不是老師說的。」哈哈哈，這下我可以正大光明地驕傲起來了。兒子說我煮的飯好吃耶，當媽的就是這麼容易滿足啊！

有次接完兒子，一打開家門，從廚房裡飄出烤箱中蜂蜜照燒鮭魚的味道。他一聞到，就說：「嗯，我知道這個味道。This is my favourite（這是我最喜歡的）！」雖然他沒有直接對我說我這道菜煮得真好，但言下之意就是我煮的合他的胃口，好吃！聽到這句話，對我來說絕對比當選環球小姐還要有成就感啊。

為人母之後才知道，很多媽媽最平凡，卻又最大的成就感，莫過於孩子將來長大出門在遠地生活，但還不時想念媽媽的家常菜，或是當孩子回家時，要求妳煮一樣他們最懷念最喜歡吃的菜。煮好了，看著他們吃的時候滿足地說：「嗯，好好吃！」就這樣一句，煮得再辛苦都值得了。於是在媽媽的眼裡，小孩總是沒吃飽。而當媽媽的成就感，則是建築在把小孩的肚子餵飽上。（話雖如此，也未必每個媽媽都應該成為料理高手，有的家庭是爸爸掌廚，有的媽媽是職業婦女沒空煮飯。但每個人心裡總有那一兩味家常菜，時不時地浮上心頭。）

年輕時常覺得奇怪，為什麼我媽一天二十四小時有十幾個小時都是在廚房裡忙個不停？她的廚房有電視、收音機、音響，甚至還有一張單人小沙發，白天要是有事要找媽媽，通常不在客廳，也不在臥室，百分之九十是在廚房裡弄東弄西，或只是坐在小沙發上看著電視，順便盯著鍋子裡正在煮、滷、燉的好東西。從小聽到大的，是媽媽在廚房裡用大剁刀處理拜拜完的全雞，剁刀在砧板上發出的巨大聲響雖然快震破耳膜，卻有種知道媽媽又在為我們張羅的溫馨。

此一時彼一時，從前那個愛混夜店、愛打扮，嬌生慣養的時尚小姐，不知不覺地也慢慢變成了在廚房裡轉個不停的媽媽，也才知道原來要煮個好吃的牛肉麵，事前要先去超市採買、回來後洗洗切切不談，光是小火慢燉就要四五個小時，整個下午幾乎就過去了。小時候只知道吃，一碗牛肉麵我呼嚕呼嚕吞下不用幾分鐘，哪知道那可是媽媽好幾個小時的心血才能完成的。

以前總是聽人家說養兒方知父母恩，現在自己當媽了，別有一番感觸。離開原生家庭已久，自己已變成了負責每餐端出飯菜的那個人，但心裡想望的，屬於自己媽媽的拿手菜，卻不時會浮上心頭。蒜頭雞、麻油雞、香菇雞、冬菜鴨湯、切片滷牛肉加上鮮綠蔥條、辣味滷雞翅加海帶、滿肚子都是魚蛋的鹹豆豉鯽魚，這些料理任何店家或餐廳都比不上，更遑論久居在國外，每每想起這些菜餚，便是一種痛苦又甜蜜的折磨。久久回家一次再度嘗到那好久不見的滋味，是任何山珍海味都無法給予的幸福媽寶味。

加油！

英國女歌手Anne Marie有一首歌〈Her〉，講的是女兒和媽媽之間的感情，裡面一句「And when I was younger, I treated her the worst. Never known someone stronger. 'Cause damn it must've hurt.」（在我年輕時，我對她最壞。她是最堅強的人，因為那一定天殺般地痛。）第一次聽到是驚訝，再次聽到直接淚流滿面。

小時候覺得二十歲「很老」。二十歲時覺得三十歲已是人生中年。到了四十歲再回首，想起二、三十歲做的事說的話，時常被當初自己無知幼稚的舉動感到汗顏，發現那個年紀的自己一點都不成熟。這一生說了很多傷爸媽心的話，做了很多傷爸媽心的事。年輕時不自知，總是要到年紀大了，尤其是有了自己的兒女時，才會恍然大悟當初自己有多白目。有這樣的感觸大多已經是事隔好幾年之後，在做完全不相干的事時，腦海裡突然浮起自己曾經如何殘忍地對待爸媽，事後想起來總是很令人懊悔。

生第一個小孩的時候大概是我最失控的時候。但我當時兩天兩夜沒睡，而且不只是沒睡，還是在極度劇痛的狀態下撐了一天多，因為時機問題，醫生說我已經來不及打無痛分娩，之後又判定我需要剖腹，可是醫院一直沒手術室可用，因為和車禍病危的人相較起來，我這個只是要生小孩的人應該還能等。情況到最後有點危急，一開始一直被我趕回家，卻一直不肯走的媽媽只好四處打電話，終於問到一間醫院可以幫我緊急開刀。聯絡好之後，我被安排上了生命中第一次的救護車，在一陣慌亂中進到手術房被開腸剖肚，兒子終於平安出生。從全身麻醉甦醒過來後，我無法自制地強烈顫抖，這時卻被才剛目睹老婆被前一個醫院丟包、第一次當爸爸，又因為和醫護語言不通而特別沒安全感的外國老公請求不可把小孩放嬰兒房，加上醫院也大力推動母嬰同室，因此很悲慘地在全身無力連續兩天片刻都沒有休息的狀態下，就被迫和才剛認識的小嬰兒塞在一起。爸爸當時力勸我把嬰兒先交給嬰兒室，自己好好休息了再說。我心裡雖然很想，但被老公用「剛出生的嬰兒不能不在身邊，新生兒需要媽媽」的情感勒索，為了能趕快解決雙方意見不合在我身上造成的壓力，反而不耐煩地用「現在的人都是母嬰同室啦」來搪塞我爸。而媽媽看我那麼堅持，非常想留下來照顧我和嬰兒，但老公也同樣堅持要留下，卡在媽媽和老公中間，我只能無奈地跟媽媽說不用。其實面對那個哭個不停的新生兒，老公根本無能為力，只能把嬰兒塞在我身邊看看能不能用奶頭安撫，於是我更是繼續徹夜無眠。

接下來育嬰的日子沒日沒夜、混混沌沌，前面兩年都因嚴重睡眠不足而身心失調，那段日子回想起來總覺得無力疲勞，每個場景都像透過一層暗色玻璃紙一樣模糊灰幽。那晦暗的記憶中卻常常回到當時剖腹前的一個畫面：

痛到無力，躺在醫院推車上正要被推進手術房，媽媽在一片混亂的狀況中急急地叫了我的名字，對我喊了一句：「加油！」連回應都來不及，也無力回應，我就被推走了。

直到現在只要想起那一幕，在腦海裡好像電影一樣，有打燈，還停了格，每次回想起來都快噴淚。有了女兒後，更可以體會當媽的看到自己女兒受那麼多苦，還要進手術房的那種心急和憂慮。整個生產和坐月子期間自顧不暇的我沒有給媽好臉色，說話也常常帶著很衝的口氣，那時媽媽承受的，就像Anne Marie歌裡形容的一樣。事隔多年後才很清楚，沒有人能比兒女傷害自己更多，卻也沒有人能無限反覆地原諒另一個人，像父母那樣。（生第二胎時學聰明了，需要休息時就大聲說，新生兒暫時推回嬰兒室沒關係的！）

婆婆

你儂我儂的親子關係

認識我老公之後，對家庭關係有了重新的認識。

很多人都說西方人很講究獨立，小孩離開家後不跟爸媽住，因此家庭關係一定不像我們東方人那樣緊密。但我覺得相反，觀察老公和他家人的互動，常常緊密到讓人驚嘆。例如家族裡每個人過生日他們一定都要大肆慶祝。我家小孩的生日，連很少見面的舅公妗婆每年都會寄生日卡片來。搬來英國後，先生的哥哥、老婆和他們三個小孩的生日，我們都一定要寫卡片加送禮物，因為我們家每個人的生日，他們也都會這樣做。某方面說起來是這樣勤奮地互相送卡送禮聚會是一種儀式，但儀式做多了，總會變成一種往來，往來多了感情自然能凝聚。（無奈的是，每個生日要記得採買禮物卡片這件事好像責任都落在女人肩上。但我是個不太重視生日又怕麻煩的人，要記住他們家族裡每個人的生日並採買禮物寫卡片，實在是有點痛苦的事。）

此外，最大的發現是他們和爸媽的相處方式就像同輩一樣。老公時常會和他爸媽分享最近看了哪一部電影很好看。他爸媽也總是熱情回應：「啊！這部我們也剛看，好看喔。」或者：「對對對，聽大家說很好看，今天晚上我們就來看。」之類的對話。記得我第一次聽到這樣的對話，心裡有大大地給他震驚了一下。因為我和我爸媽很少會聊到這樣的閒事。我最近看了哪一本書，或看了哪一部電影，這種話如果跟我爸媽講，他們應該會覺得很莫名其妙，不知道該如何接話。

除了聊書聊電影，老公和他爸媽幾乎什麼事都聊，今天吃了什麼、去了哪一家餐廳、做了什麼事，都是一聊就好幾個小時的內容。如果是講電話的話，不知道實情的可能會以為老公另有情人呢。婆婆也總是會告訴我們最近又去哪裡玩、到哪個朋友家去住和度假、跟哪些朋友去吃飯喝下午茶。就像好朋友，什麼都能分享。有時候甚至在餐廳會為了誰應該付多少費用而討（爭）論（執）很久。若我們有遠行，他們隨時詢問旅程狀況。開到哪裡了？房間怎麼樣？今天做了什麼？要啟程回家當天也會簡訊關心好幾次到了沒？要不要幫我們買什麼？朝思暮想得簡直就像熱戀情侶一樣。而這情形其實也不限於老公一家人而已，照觀察很多西方人的家庭似乎都有這樣情同朋友的親子關係。話說我公婆，自從公公退休之後，兩人就過著很逍遙的生活。每一兩個月出國一次，沒出國也會去英國各地探望親朋好友。婆婆和公公每個星期一都會去做瑜珈，如果有重要的足球賽，他們也會和朋友相約一起去看比賽，看完再去酒吧喝一杯。這樣的生活跟我爸媽的生活彷彿天地之遙。

而西方年長女性對自己外貌的維持和穿著打扮，也是讓我很有文化衝擊的。當我們還住在新加坡的時候，某天晚上出去用餐，坐在河畔的戶外桌，老公看到一位很眼熟的人晃啊晃地走到我們餐廳門口看菜單。他看了那位女士幾秒鐘，然後驚呼出她的名字。原來這位女士是我婆婆的閨蜜，那天飛到新加坡，準備待一晚，隔天要轉機去澳洲。那個晚上，她心想與其待在飯店裡不如出來街上晃晃兼覓食。有時候世界真的很小，竟然就那麼恰巧遇到我們！

婆婆的這位朋友當時大概六十幾歲，留著有型的紅褐色及肩鬈髮，身穿黑色細肩帶上衣，和貼身的深色牛仔褲。看起來非常俐落又不失女性的吸引力。雖然看得出年紀稍長，但她的打扮給她成熟卻非常年輕有活力的感覺。一頓晚餐吃下來，這位年長女士的獨立自信和打扮，都讓我留下深刻的印象。而我婆婆跟她朋友很像，染了金褐色肩上短直髮，穿著也是和她這位朋友差不多，合身牛仔褲是必備，大熱天的時候也會穿細肩帶，下著有型的棉麻短褲或飄逸長裙。冷一點就穿合身毛衣和剪裁合身的牛仔褲。這和我們印象中，六十幾歲「老太太」的打扮非常不同。因為婆婆習慣這樣的打扮，整個人看起來也非常年輕。老實說，我第一次到他們家「見未來公婆」的時候，還以為她是來家裡拜訪的表姊堂姊之類的親戚，知道她是男朋友的媽媽之後我嚇了一大跳。或許因為在台灣的習慣，似乎到了這個年齡，就得留個歐巴桑髮髮，穿寬鬆的大花上衣或洋裝之類的，很難看到穿著細肩帶、牛仔褲在溜孫子的阿嬤。當我們住在日本時，公公婆婆去探望我們。晚上我們去酒吧喝酒聊天，婆婆還被一個青壯年白人男子搭訕，公公很有氣度地一笑帶過，婆婆也認為挺好玩的。這樣的生活觀更是讓我大開眼界。

關於這一點，我還滿羨慕西方女性的。就算年紀大了，對自己的打扮還是很有年輕的趨勢。相對之下，假如要我媽媽穿細肩帶，那可能是下輩子才有可能的事。不過話說我媽媽自從前幾年大感冒，連帶著瘦身的結果，讓她忽然好像回復青春的感覺，身材苗條，整個穿著都非常有時尚感起來，這樣的感冒「副作用」也不錯！（當然並非每個西方家庭親子關係都和諧，也不是每個西方女性都很會打扮，只是比例問題。）

千萬不要想跟婆婆比誰比較厲害

以前住在亞洲，暑假回英國探親時，總是住在公婆家，一次約兩個禮拜的時間。在這短短兩個禮拜，老公就要求他媽媽煮了三次肉醬義大利麵。這道麵食我知道他愛吃，但我並不怎麼熱愛，所以只有當獎勵的時候才會煮。但婆婆為了兒子，當然煮個幾百次也心甘情願。老公也不負期望，每吃一口就發出一聲讚歎，吃到最後恨不得連盤子都拿起來舔乾淨。看得出來婆婆很高興，畢竟有什麼比看子女吃自己親手做的料理時那津津有味的樣子，更讓一個當媽的覺得幸福破表的呢？每個人都有心裡那個「媽媽的味道」，是任何名廚也學不來的。知道這個道理，也就不用跟自己過不去。雖然還是向婆婆討教了她的獨門祕方，但我知道自己是永遠沒辦法跟婆婆拼的，也就不用想跟她一較高下。This is her moment.只希望婆婆好好享受她的孩子一口一口，滿足地吃著她煮的麵時，那個最平凡又最幸福的感覺。

說到煮食，假如我媽和婆婆語言上能溝通的話，她們有某個共通點應該是雙方都會點頭如搗蒜同意的——就是兩個都很怕飯菜冷掉。我娘如此，婆婆更甚。媽是一定要等到我爸進門，才會開始炒青菜類和冷掉不好吃的海鮮類。每餐必備的湯要等人來了再熱一次，煮到滾燙再關。飯也一定要等人都來才盛，理由當然是：冷掉就不好吃了。

這跟我婆婆比起來，又顯得小兒科。雖然午餐總是隨便吃方便的冷食，像是麵包夾起司配冷沙拉或冷三明治之類的，但到了晚餐，她就會華麗大變身，變得比神經質處女座還要講究細節，特別是食物的溫度。假如大家約好七點開飯，就算我們六點就到她家，為了保證她煮的東西能夠新鮮且熱騰騰地上桌，她一定要看到每一個人都已經聚集在餐廳了，才願意將最後幾道菜放入烤箱。如此堅持的結果，通常要比約定時間晚一個小時才能開動。除此之外，婆婆還有個專業的電動保溫箱。每次上餐前一定要先把大家的盤子都先放到保溫箱裡弄得燒燙燙的，然後再裝盤上菜，以確保她剛煮好的食物不會因為被放到冷盤子上而失溫。

每個人有每個人的堅持，這我沒意見。但麻煩的是我家小孩小時候非常怕燙。不管是義大利麵、飯、肉、湯，他們其實都是喜歡吃微溫的，甚至冷的也沒關係。當對熱騰騰飯菜和盤子堅持無比的婆婆遇到極度怕燙的孫兒，這就麻煩了，通常會造成雙倍時間的浪費。怎麼說呢？因為婆婆燒燙燙的食物小孩不敢吃，於是就得再花時間等食物冷卻。有時我兒子為了要能快一點吃，發明了一招，就是把餐盤放在冰敷袋上加速冷卻，這樣弄到食物到達小孩「不燙」的標準，大概也要個十分鐘。

那你問我，怎麼不直接跟婆婆說就好了呢？叫她不用到最後一秒再煮，盤子也不用加熱，我們吃冷的也沒關係？嗯，這個我當然有想過，也客氣地告訴婆婆一百次：「小孩怕燙，不用多費工夫給我們吃最後一秒上菜的熱食，我們家都習慣吃微溫的。」但她總是：「那怎麼可以？」的表情。我兒子把餐盤放冰敷袋的誇張舉動婆婆也看了好幾次，我以為這樣她應該知道小孩真的很怕燙不是我在客氣，但她不只知道，還去幫忙拿冰袋，然後擔心地看著小孩坐在餐桌因為太燙等食物冷的樣子。這樣久了你也就知道不用再堅持要改變婆婆了。有時候讓長輩照他們的方式去做事，對雙方都輕鬆一點！

永遠的外國人

和英國老公結婚後，我在婆家就自然而然變成了外國人。我所謂的外國人，就是非本國人，不是台灣人習慣的意指「白人，歐美人」（很多從歐美國家到台灣的人不知道台灣人口中的「外國人」，並非英文直譯的foreigner，其實連很多臺灣人自己都不自覺，他們嘴裡的「外國人」通常是「歐美人」的意思，甚至是有點白人限定。如果是日本韓國新加坡或其他東南亞國家的人，台灣人一定都會直接講清楚是哪一國人。於是聽不少歐美朋友說過，認為他們在台灣走到哪裡都被叫外國人，感覺台灣人直接得讓人驚訝。其實在種族文化比較複雜的歐美國家，foreigner這個字是要很小心用的，不管對方是非洲亞洲或大洋洲來的，只要他們住在當地那個國家，就千萬不可以用「foreigner、外國人」這種排外的字眼來稱呼對方）。

在公婆家做客時，婆婆曾經在我面前盛著烤羊排的盤子邊，擺放了一雙筷子，儘管其他人她都給了刀叉。曾經她給桌上每個人一份牛排，只有我沒有。她說：妳應該不吃這個的吧？但我有準備一些香腸。

曾經她幫每個人泡了英式紅茶，唯獨我沒有。但是她從廚房櫃子裡拿出一盒「薑味綠茶」，興致勃勃地說：「妳看我幫妳買了這個。你們應該只喝綠茶吧，這個還有薑味，你們喜歡吃薑吧？」平常愛喝奶（紅）茶，幾乎不喝綠茶、更不想要喝薑味綠的我，不知道該說什麼。

因為婆婆三句不離我是華人這件事，我老公曾經騙她：「在台灣，功夫是一門必修課，大家從小都要學，所以艾莉雅功夫超厲害的。而且她還學過氣功，我看過她盤坐練氣時可以升空離地十公分！」我婆婆聽了吃驚地倒吸了一口氣，轉頭問我可不可以表演給她看。我立刻用充滿殺氣的眼神瞪向我老公，但他卻笑到捧著肚子蜷縮在沙發上。

有次我兒子女兒同時在他們的花園練習倒立，女兒因為平常跳舞有在拉筋，雙腳不小心翻過頭後，落地成了頭向上的輪式。兒子平常沒在伸展，一旦翻過頭，只能用雙手走路來平衡，他站起來以後看了看妹妹，說：「我也可以。」婆婆聽了立刻說：「你不行啦，那是女孩才有辦法的事（她的意思是女孩子的筋比較軟，男孩子比較硬沒辦法拗）。」兒子說：「哪有，才不是。」婆婆：「明明就是。」兒子氣得臉紅了，看了看我。我設法解圍：「不是男生或女生的關係，是平常有沒有在伸展的關係。」婆婆一副你們在說什麼的表情，最後拿出殺手鐧說：「至少在這裡，那是女生才能做的事。」我聽了安靜了，但不是被說服，而是因為在與人交流時，我如果遇上出乎意料的不合理言論，常常會頭腦暫時停頓，直到事情過了一陣子，才氣噗噗地想通自己為何不同意，然後在腦海中演練反駁對方的台詞。

這次也不例外，過了一天後我才理清兩件事。第一，我很不喜歡把性別拿來當作能力或該不該做的區分條件。但婆婆因為年紀的關係，很常做這種事。這是很多年紀大，或者，就算年紀不大的人也很常說出口的刻板印象。像是芭蕾舞、煮飯、縫紉這些只有女生能做，男孩子就該去踢足球跑步打橄欖球之類的。

第二，即使我的小孩在英國上學了，在婆婆心裡，他們因為我的關係，也永遠是外國人，因此才會用「在這裡」的主場優勢來反駁我和兒子。因為她說出了「在這裡」，表示她認為我們是外國人，沒有權利和她爭辯在這個國家什麼才是常態，即使我想堅持的是一個普世人的現象。

我相信婆婆不是故意的，大部分的時候我覺得她會小心翼翼，很多事情刻意迎合我這個外國人的作法，是因為盡量想要體貼不懂當地文化的異國人士，但是這樣的態度反而造成了我不舒服的感覺。

這個現象是很難解釋給對方聽的。他們會覺得「你明明就是個外國人，我體貼你你不感謝，竟然還覺得我歧視你？」天知道，其實最不會讓異國文化的人感覺被歧視，最好的方法就是在尊重對方文化之餘，把他們當自己人來看待就好。這不只是英國家人對我會如此，其實台灣人對外國人也常這樣。

就像我老公跟我家人吃飯時，若有人體貼地問：「要不要幫你拿刀叉比較好吃飯？」這時筷子技巧比我還要高超，連吃炒飯都堅持用筷子吃，而且還吃得乾乾淨淨的老公難免會覺得被看不起了。（我吃炒飯一定要用湯匙，不知道大家呢？）

也許對初來乍到，對當地文化還不熟的外國人講這樣的話，的確是會被視為體貼的，但通常對一個已經在這個文化生活過一段時間的外國人，那就是一種看不起對方能力的言語，說嚴重一點就是歧視。就像一個在台灣生活十幾年的外國人，出口講一句中文的「謝謝」，就被大家吃驚地大力誇讚中文真好一樣，雖然我們要表達的是親切與善意，但有時候卻難免顯示出台灣人對外國人中文能力期待的標準很低，那個學了很久中文的外國人應該會覺得：什麼啊？我只不過說了一句謝謝。假如這很難理解的話，想像場景換成一個長年住美國的華人講一句Hello，就被美國人稱讚英文真好的話，應該會毫無疑問的變成種族歧視吧？

其實我自己的爸媽也是如此，在他們眼裡，我老公似乎永遠都該對台灣特殊食物，如：臭豆腐、大腸（糯米腸）、甚至是沒什麼好怕的鹹粿抱持敬畏的態度。每次他一吃這些東西，我媽都會用很驚訝的語氣說：「這個他敢吃喔！」明明就在大家面前吃了很多次，而且每次都吃得津津有味的樣子啊!?

以上各種現象，其實可以用英文的一個詞「patronize」當總結。

「Patronize」這個字我看過最好的英文解釋是treat in a way that is apparently kind or helpful but that betrays a feeling of superiority.（這裡的betray，是「洩漏」，不是「背叛」的意思。）簡單翻譯，就是用一個特別明顯親切的態度對待或幫助某個人，但是無意間流露了一種「那是因為我比你強，比你高位」的態度。中文裡我想不出對應的字。

像是男生對女生說：這種事妳不用煩惱，妳只要每天打扮得漂漂亮亮的就好了。或是台灣人說自己家裡或工廠裡的東南亞移工「很乖」（明明就是大人了還乖什麼乖？同樣的情形也常出現在婆婆說自己媳婦很乖），或是大人對小孩言語中時常夾帶高一等的語氣，例如：這次考第幾名？喔，才二十名，下次要加油喔（小孩若是也可以對職場或家庭美滿度沒有滿分的大人這樣說話，那才公平吧），或是摸已經不小的孩子的頭，都是一種看似親切，但難掩以上對下的態度。至於某位政治人物摸已經是國三生的頭，結果這學生說了令他不開心的話後，就把學生推下台，這就很明顯的討人厭了。

簡而言之，真正的體貼與接納，其實很簡單，一言以蔽之不過是「一視同仁」而已。這不只是在面對異國籍種族或文化而已，在和任何不同家庭背景、性別、年紀、學經歷、政經地位的人相處時都一樣。體認雙方背景不同，可以互相交流經驗，但不要把對方當成和自己截然不同的人，不要有任何差別待遇，就是對對方最大的尊重。

Part 6. 如今

飄渺繚繞 戀戀山嵐

對台灣的山，一直有一種前世今生的悸動，尤其愛看山嵐。小時候去了一次阿里山，被山上清涼的空氣和芬多精震懾到。明明在平地是悶熱濕黏的酷暑，在阿里山上卻是涼到早晚需要加一件薄外套的溫度。不只是氣溫，山林間飄著的雲霧，清新到連頭腦都感覺被深度潔淨的空氣，都讓人深深著迷。原來在同一個時空，不同的海拔高度竟然能造成如此的人間仙境。

於是，在知道隔天一大早就要離開飯店回家的時候，內心上演了無敵崩潰的戲碼。平常是個從來不要求什麼的乖小孩，那天竟然很難得地跟爸媽開口拜託不要回去，用現在想來非常「得猴」跟煩死人的小屁孩專屬的韌性——沒錯，是韌性不是任性。現在想起來，自己曾經經歷的那種心情，可以用來同理小孩為了心中的理想不願意輕易放棄，想要為之奮戰，堅持到底的心情。這是令人敬佩的「韌性」，可惜在大人眼裡卻時常是令人很難忍受的「任性」——跳針似不停地問：「為什麼一定要回家？為什麼不能住在這裡？一定得回家的話，能不能多住幾天再回去？」爸媽當然是以標準答案回答：「因為要回去工作賺錢，不能一直住飯店因為很貴，今天就是一定要回家。」重複回答幾次後他們就不想理我了。終究理解到死纏爛打沒有用，但那種超級不想離去的感覺，只差沒在地上打滾哭著喊這不是肯德基而已。

曾經看過一位作家說她在國外求學時，和班上同學一起欣賞一部西洋電影，其中一幕海浪沖打岩壁的畫面，那特殊的陽光和浪花反射照在礫灘上，在看到的那一秒她立刻知道這是熟悉的東海岸，儘管電影裡似乎沒有特別註明取景地，也有人說這是澳洲或別的國家，但她確信這絕對是台灣東海岸，不是世界上任何其他地方。忘了我是否有去追查這部電影到底有沒有在台灣取景，連她說是哪部電影都不記得了，但書裡寫的那種堅定的直覺反應，我卻很可以同理。雖然一開始有點懷疑這是否屬於一廂情願，但寧可選擇相信。因為可以想像，台灣東海岸對這個作家的意義，就像台灣山上的特殊氣味、溫度和飄渺的山嵐對我一樣，是深藏在靈魂深處，平時不會經常想起，但卻比什麼都堅定的信仰。很類似的，在奧地利求學和定居的音樂家楊佳恬是個恆春孩子，也曾在書裡寫到她對《海角七號》裡面的景色和歌曲的特殊情感。儘管都是海，儘管都是山，但故鄉或兒時從小看到大，深植內心的那種特殊光線、氣味、溫度、顏色，是不會輕易跟別的國家搞混的。

而且台灣的山就是有其特殊氛圍，跟歐洲、日本、東南亞的山都完完全全不同。雖然我從來不像專業登山者有吃苦的毅力和強健的體魄或攀頂的渴望，但愛山有很多種方式，我的愛山是懶人愛山法。就算到了現在，每次回到台灣，有時候只是從位於台北盆地的公寓裡望出去，不遠處就可以看到蔥綠的山頭間飄著幾片白雲，便有一種回家的幸福感。回台時，也很愛帶著老公小孩跑到山上飯店或民宿住個幾天。白天在山裡漫遊，看著岩壁上冒出的小瀑布，把空氣中飄浮的微細水氣輕輕吸到體內，踩著石板或微濕的泥地和蕨類植物擦身而過，被從身旁飛撲到眼前的蝴蝶嚇好幾跳；傍晚回到住宿地泡杯茶，靜靜坐著遠眺煙白鬆軟幻化繚繞盤旋山頭的山嵐。人生雖然短暫無常，片刻的寧靜美好使之珍貴、值得。

但不可置疑地，同一個東西，同一個景色，帶了感情跟沒帶感情去看，的確是有很大差異的。有次去了英國湖區，半夜下了一陣雨，早上起床時打開窗簾一看，晨曦中山霧濛濛，詩意得很。稍晚一點開車出去，沿著山坡飄著一層雲霧，於是我幻想自己回到了台灣的山上，心裡忽然一陣悸動，感覺眼前風景更加懾人地美，肚子也因為聯想到山區特產桶仔雞而咕嚕咕嚕叫了起來……這，就是帶了感情的差別。

在英國念研究所時，一位希臘籍的女同學茱莉亞問我，夏天要到了，馬上要變得很熱，如果我在台灣的話，應該會立刻衝到海邊吧？當時我聽了困惑地搖搖頭，跟她說：「不會啊，太熱的話，不是應該衝去山上嗎？海邊那麼曬，反而更熱吧」？她用比我更加倍困惑的表情回答：「什麼？就是因為熱才要去海邊啊！跳進水裡不就不熱了嗎？」我：「海邊就是很熱又很曬啊。夏天一到就是該躲到山上避暑嘛。」茱莉亞睜著大大的眼睛急了：「No no no，夏天是屬於海灘的。在希臘，一到夏天大家都一排排躺在沙灘上，把自己曬得美美的。熱了，就跳進海裡游泳，然後起來吃冰淇淋。這樣才是夏天啊。要去山上，那是冬天才會去滑雪吧！」這才發現我倆認知差異真大，不由得大笑起來。現在想起來，我那時候真是百分百台灣填鴨教育養出來的旱鴨子，而且是個被「一白遮三醜」這老觀念洗腦，怕曬又怕熱的美白主義者，難怪無法理解大多數外國人夏天一到就要去海邊曬太陽的概念。

台灣雖被海岸包圍，但真正可以開放戲水的沙灘卻屈指可數，其中原因之一是我們很多海域真的不夠安全，有很多瘋狗浪或離岸流；或者地勢多陡峭多岩礫，平整的黃金細軟沙灘比較少見。但我也常懷疑是否因為台灣的大人自己從小就被教育要怕海，因此灌輸小孩不要靠近海水的觀念。這樣一代一代傳下來導致游泳的風氣不盛行，而不盛行就沒有業者開發海上運動，政府也就不重視，海域就變得更沒有適合遊憩的地方，形成一種惡性循環。不像歐美，喜歡從事海上運動或喜歡直接「跳海」去游泳的人很多。在台灣若真的那麼隨興地跳了，通常都被主管單位禁止，或者每到放暑假前學校老師就會奉命大力宣導不要去海邊玩水，從新聞事件指證說海邊有多危險，跟歐美人士一放假就想往海邊衝，到了海邊一定就要往海裡衝，是很不一樣的。

曾經被好幾個外國朋友問過：為什麼台灣的海邊總是如此荒涼？明明是景色優美的沙灘，如果同樣景點在國外，一定是蓋了整排的別墅或飯店，但他們很驚訝在台灣，海邊卻通常是一片廢棄、沒有人要住的感覺。第一次被這樣問的時候，我很理所當然地回答：「因為海邊超不方便的啊，附近什麼都沒有，要是我也不想住這啊。而且海邊太陽又大，夏天會曬黑，然後冬天海風大冷得要死，當然大家都不想住海邊嘛。」外國朋友聽了每個都傻眼。

事後好多年，看多了國外美麗的度假風沙灘，我也開始質疑台灣人為什麼對自己的海岸如此冷感？高雄海洋大學柳秀英副教授曾經對此提過這是一種根深柢固的陸權思維。就像當初中國其實對台灣這個島不是很在乎，認為只有「中原」才重要是一樣的，政府平時根本不想經營建設，每次總是要到外國人想來搶時，才勉強作出行動。（有興趣的請看《台灣史上最有梗的台灣史》這本書。）但台灣的海岸，如果有更好的經營和長遠性的維護，想必也是很美很有發展性的，不會輸給西方人最愛去的泰國。

不過再怎麼比起來，若真的像古人說的：「仁者樂山，智者樂水。」我想我畢竟是個忍（仁）者吧。若要兩者兼備，台灣高山湖泊有山的靈氣又有水霧的夢幻，無疑是我心裡最美絕境、怡情養性的最佳首選。

身體記憶

曾經看過一個說法：一個細胞在人體內的生存期限平均是七到十年。也就是說，每七到十年，你身體裡的每個細胞就會全部都更新過一次，沒有一個是一樣的。那麼，假如你身體裡每一個細胞都更換過了，現在的你跟七到十年前的你照理論來說會是一個完全不同的人。也有文章說，因為這個原理，人的口味每七年會換一次。小時候不愛吃的，長大就愛了；年輕時愛吃的，老的時候不愛了。這個說法或許有幾分道理，但身體肌肉記憶這件事，我卻是親身體驗，不會被完全代謝光的。

從小是個運動肉腳，長大自然不會比較好，以至於現在幾乎做什麼運動都無法跟兒子快速學習、立刻上手的速度相比。每次一起從事一個新的運動，我總是很快地被兒子嫌棄，要求爸爸跟他一起玩，而爸爸則是幾乎每一種運動他小時候都玩過，所以自然比我們都強。搬到英國後，有次無聊去了隔壁城鎮上運動中心裡的冰宮溜冰，意外發現我似乎沒想像中那麼差。而最近，因為英國冬天天氣太爛，我提議買適合室內打的羽毛球來玩，第一次打羽毛球的兒子雖然一樣進步神速，至少幾十年沒打的我也一樣沒太差。

仔細想想，這根本就不是意外。溜冰和打羽毛球這兩種運動，剛好是小時候曾在家裡玩過的東西。所謂的「在家」玩，是真的在家玩。小時候的家雖然有四個樓層，但一和三樓分別是辦公室和爸爸公司的儲貨區，四樓則是神明廳和放了一堆看似廢物的儲藏室，換句話說就是小孩都很害怕，沒大人不敢上去的樓層。整個二樓才是我們生活的空間。老家是長扁型的，三角窗，一邊面大馬路，一邊面小巷子。因為長和扁，所以內部空間成條狀形應用。客廳中間放著沙發，我們就把沙發當成分隔線對打羽毛球。客廳空間雖不算小，但也不能完全盡興打，因此我們總是溫和對打，小心翼翼就怕打到後面的玻璃櫥櫃。也因為一直以為羽毛球是一種「客廳運動」，長大後看到有人在國小的禮堂打羽毛球，你來我往的廝殺，心裡一驚，原來羽毛球可以打得這麼狠、可以互相攻擊對方，而不是像我們那樣溫柔地對打，打越久越好的啊！至於溜冰，也是真的在家裡二樓溜過來溜過去學會的。那時候不知道哪裡拿來一雙鞋頭附著一顆大大圓圓前煞的白色四輪溜冰鞋，媽媽在廚房煮飯，我們四個姊妹就輪流在她身後滑來滑去的，因為空間不大，也練就了很會轉彎的技能。後來到了英國的冰宮玩，雖然從沒穿過冰刀鞋滑冰，一開始也是得緊抓住企鵝（溜冰場會提供新手下面裝了輪子的企鵝，頭兩邊有把手讓人抓住好穩固平衡），但身體卻讓我能用三十幾年的肌肉記憶快速學習。

於是發現，小時候做的事，就算十幾年都沒碰過，還是會存在你的肌肉記憶裡，沒有隨著代謝掉的細胞而消失，這是很奇妙的事。因此，年紀還小或是家裡有小孩的人不妨利用年幼的時光，多多嘗試各種不同的活動吧！不管是運動、音樂、繪畫什麼都好，廣泛地去接觸吧。就算之後荒廢，再次重拾起，都會比沒碰過的人強幾倍。

一座冰箱

爸爸做冷飲經銷已經四、五十年。我們從小家裡就是住商合一，一樓放了兩台商業用冷藏庫，裡面總是堆滿了一排一排的鮮奶、果汁、茶飲、布丁、果凍，像是低溫食品的寶藏庫一樣。冷藏庫之大，足夠讓好幾個大人同時在裡面出入、進貨和卸貨。每個禮拜都拜拜的爸媽如果牲禮大爆棚，塞不進家裡廚房冰箱的話，總是不用擔心。有那兩個冷藏庫撐腰，再大的全雞、再多的西瓜都不是問題。我們也從來都不用買牛奶，因為爸爸總是會定時地把送貨時不小心摔到的「不良品」，或者是快到期或剛過期不久的牛奶帶到樓上來，因此二樓廚房的冰箱隨時都有所謂不用錢的牛奶，而如果有多多或布丁被摔到了，那更好！

小時候偶爾也會進出冷凍庫幫忙拿東西，爸媽教我們如果不小心被關在裡面，靠出口處有個機關，只要用力快速一推，外面把手就會鬆開，這是安全保障措施，以免不幸發生。我總是想像著如果不小心被關在裡面出不來，被冷到失溫的景況，幸好始終沒有成真。爸爸教的技巧我每次進出冷凍庫就會練習一下，確保這機關真實有用。

上大學那一年爸媽搬了家，換到更大的地方，住商空間終於分離，他們也有了「一座新的大冰箱」：冷藏庫們有了自己的鐵皮屋頂，我們也終於有了完整的住家空間，樓上樓下不會再有員工進進出出。結婚生子後帶孩子們回去爸媽家，常常是在酷熱的暑假，小孩們最喜歡打開冷藏庫的門，裡面一陣冰涼之氣襲面而來，暑氣全消。孩子們對於阿公的冰箱一打開就有免費的蘋果牛奶、優酪乳和布丁或奶酪可以吃感到非常新奇，別人來買東西要付錢，但他們要喝什麼只需在白板上登記一下即可，非常有趣。而阿公阿嬤對孫子孫女總是很大方，要什麼有什麼，而且從來不會給他們吃過期或摔壞的。

孩子們喜歡走進大冰箱，一開始像是炎夏時上山的舒爽清涼，覺得簡直可以住在裡面，但再過幾十秒後便開始覺得寒冷，原本的清涼變成雞皮疙瘩。於是進到裡面拿冷飲，通常只能像高中時軍歌比賽裡唱的一樣：動作要「迅速確實」。東西拿好就趕快離開，出了冷藏庫後回到炙熱的太陽底下，平時令人憎惡的熱氣忽然變得暖人心弦了起來，跟北歐人洗三溫暖一樣的道理。

二〇二〇年大學學測考的作文題目：「如果我有一座新冰箱」，有人質疑為什麼要用「座」這個量詞？我個人的解讀是暗指它可以很大。如果我有一座大的新冰箱，它不會只是一個普通大小的冰箱，而會是一個巨型的、像爸爸公司裡一樣的冷凍庫。我們可以和孩子在裡面搭幾個帳篷，在裡面吃火鍋喝熱可可，甚至可以像北歐的冰飯店一樣，用冰塊做成床和桌子，上面鋪滿厚厚軟軟的棉被，躲在裡面聊天，看著自己掛的燈泡當星星，把雷射燈當極光。也或許我們可以把大冰塊磨成剉冰或雪花冰，淋上香香濃濃的煉乳、焦糖或草莓醬，賣給街道上熱得快融化的路人。當然這是不太環保的想像。

作家黃麗群寫的《如果在冬天，一座新冰箱》裡寫到她媽媽為了新的大冰箱開心，讓她懷疑這是否符合了傳統性別歧視和刻板印象的窠臼（其他我可以想到類似的例子像是：老婆生日，老公送她一個新的拖把或吸塵器，還期待她會因此而雀躍一樣，是一種期待女性為他做家事的貶低心態。），但同時她也質疑每個人的快樂不該被評判。的確，快樂不應該有高低貴賤。

住在英國的我因為控制不當的疫情，已經一整年都過著反反覆覆封城的日子，為了不用時常上超市採買，大家都搶著用線上超市，一個禮拜送一次貨，每次一來就把整個冰箱塞到爆滿，考驗著家庭主婦堆疊冰箱俄羅斯方塊的功力。我不時地抱怨，如果我們可以買到大一點的房子，搬離現在這個租屋處，我想要在廚房裡裝一個很大的新冰箱。裡面可以輕輕鬆鬆地擺放一整個禮拜的民生必需品，還可以放一整鍋滷肉和自己烘培的蛋糕。我對全新大冰箱的期待，是否表示自己也陷入女性被傳統價值觀綁架的陷阱？但或許這其實代表著女性是一家之柱的地位。像蜘蛛人說的，能力越強責任越大。擅於料理和負責執掌一家大小的口福，不是女性淪落於社會低階層的行為，而該被當英雄一般來崇拜。

總而言之，儘管學測題目要學生描寫冰箱裡放了什麼會符合期待中的美好生活，但其實大家都很清楚，人生不像電器廣告。擁有了某樣電器不代表你就會長得跟廣告裡的貴婦那樣美麗動人，家裡就會像廣告中名媛住的豪宅一樣明亮空闊。至於冰箱裡裝了漂亮可口的鮮奶油蛋糕，還是只放了兩顆雞蛋，跟你的人生美不美好會不會有多大關聯？大人都知道，真實人生通常是殘酷現實，不講理也不怎麼夢幻的。

你怎麼那麼瘦

從國外回來時常常被自己的文化反衝擊，然後發現台灣人有個特別的習慣，就是見面時喜歡公開地把對方的胖瘦高矮皮膚黑白評論一番，也不管對方感受如何。這在別的文化（特別是西方）是近乎無禮到令人掉下巴的行為，但在台灣好像是一種親切的表現？因此台灣人時常不管好壞就很順口地評論：「欸，你最近變胖了喔！」「欸你怎麼曬這麼黑！」「欸你有魚尾紋了耶！」等等。

其中我最常得面對的，就是：「哎，妳怎麼那麼瘦？」尤其是南部的長輩，最討厭看到小孩瘦，好像小孩瘦是一件全村莊人的事，大家一定都要對他批評個幾句，或是加油一下。不幸地，我從小就瘦。因此，媽媽管我吃多少管得特別嚴，每餐飯一定會規定要吃到特定的分量，沒吃完不能離開。無奈小時候胃口非常不好，我甚至曾經羨慕家裡養的狗，因為牠什麼都想吃，而且不管吃再多，永遠都還是一副餓鬼的樣子。我心想，如果我吃飯有這樣的胃口，日子一定會輕鬆許多。

在家裡，食量由媽媽控管，在學校，爸媽則特別囑咐老師，要每天檢查我的午餐是不是都有吃到差不多的量。國小的營養午餐是大桶裝，低年級的時候老師會幫我們盛裝適當的分量到每個人的鐵餐盤上。除了米飯或麵包外，總有個三菜一湯，我幾乎每一餐都沒辦法吃完，雖然沒吃完的菜可以倒進餿水桶，但必須先讓老師看一眼是不是有吃到一定的標準，老師點頭了，才能拿去倒。即使在這樣嚴格的控管中和覺得自己已經每天都很努力吃飯的狀態下，我的身材還是維持一貫的「烏搭散」。直到高中終於抽高，又因為長期不運動不曬太陽而變白了一點之後，才變成只有瘦，沒有矮也沒有黑了。最討厭的，我不只瘦，還是個大扁身。以前家裡的浴室門關起來和旁邊走道的門打開到底時，中間會形成一道很窄的空間。太無聊的我會站在那個縫隙中，當作一種挑戰，看有沒有人會發現。現在小孩在唸美國兒童小說《Flat Stanley》（紙片男孩史丹利）時，我都不免自嘲：那就是我啊！國高中時，從冬季制服要換成夏天制服的季節，姊姊曾經半開玩笑地跟我說：「妳是不是會煩惱又要露出樹枝般的手臂啊？」（跟別人要擔心蝴蝶袖剛好相反。）我心裡一驚：這種心事你怎麼知道？

瘦對年輕時的我形成一種困擾。不，瘦對我本身沒有任何不便，但對周遭的人似乎才是困擾，彷彿瘦是個過錯，而他們有責任指出我的不對。對父母而言，長不出肉的女兒對他們則是一種不盡責的控訴。爸爸實在看不下去，猜疑我肚子裡不是有蛔蟲（每次蛔蟲檢查都有乖乖做，結論是沒有啦），不然就是身體功能有障礙，還安排我倆一同去醫院做了全身健康檢查，結論當然是我一切正常。爸爸無奈地搖搖頭，只能再叫我多吃。

誰知道後來上大學，不只不用再過著每天考試排名次的鬱悶日子，還因為吃食自由，吃了一堆師大夜市的外食和宵夜，蛋糕甜食類也因為仗著天生優勢所以完全不忌口，結果我竟然一學期胖了六公斤。爸媽才慶幸我終於「像個人」。也發現原來想增肥，不是要吃補，而是要吃一堆夜市美食和沒營養的零食才有用啊。

由這些小事看來，瘦這件事在我的成長過程中多是壓力的來源（或結果）之一，而且不知為什麼這樣天然瘦的體質，似乎讓周遭的人都很看不下去。好像他們都該建議點什麼似的，即使我的食量非常正常，並不需要這些關心。可是就算到了二三十歲，我還是常常被親朋好友劈頭就來一句：「妳怎麼這麼瘦？」

這又要回歸的觀念問題。台灣人，尤其是長一輩的人，對於小孩子該吃胖有一種莫名的執著。特別是鄉下的阿公阿嬤，總是要看到孫子孫女吃得胖嘟嘟的，他們才覺得開心。但胖不等於健康啊，反而在西方觀念，瘦一點才是健康的。

最近看到網路作家二師兄的一篇文章，寫到台南的阿嬤如何以高強的功力餵食孫子，讓我忍不住捧腹大笑，多年的心理陰影也同時突然得到救贖。二師兄寫的一句名言「對台南阿嬤來說，孫子這種生物只能是球形的」終於讓我釋懷，發現能把阿嬤喜好餵食的心態以幽默來看待，果然是功力高強的人才能做到的境界。

好幾年前我帶我家老大回台灣度假，那時他大約兩歲出頭。吃的飯量不多，體格也跟我很像，但因為他寶寶時期狂喝母奶非常肥，比米其林寶寶還胖，所以身上脂肪還在，在我眼裡還是有點嬰兒肉肉的可愛身材。我們當時住在新加坡，周遭外國媽媽朋友很多，從來沒有一個人跟我說他太瘦。但一回到台灣，也不管親疏，大家見面劈頭第一句就是：「欸，你兒子好瘦，要多吃一點。」但他明明體重就在生長曲線的正常範圍內啊。尤其是阿公阿嬤，看到他們朝思暮想的孫子從胖嘟嘟的米其林寶寶變成「消風」的小男孩，擔心得都快得了焦慮症。吃飯時，阿公總是耳提面命，要孫子多吃一點。其他人看到我對我兒子那樣不逼迫、不威脅的態度，親人間的愛也讓他們忍不住焦急地「關懷」起來，結果每餐飯都在眾人熾熱的眼光下完成，好有壓力。

現在的我覺得能瘦根本就是天賜的福氣啊。尤其年紀已到中年，稍微多吃了一點，懶得運動幾天，脂肪立刻累積在屁股和大腿，形成可怕的橘皮，再也無法像年輕時一樣眨著眼睛、天真無邪地說：「我就是吃不胖啊！」放眼看看多少當年帥氣美麗的影視明星一到中年，沒有快速的新陳代謝可依靠，一不小心就胖了，成了媒體報導中說的「體型崩壞」，一個個變成「大叔」和「大嬸」。太瘦也不行，太胖又要被譏笑，放過彼此吧，人生何必過得這麼辛苦啊！

最後一次的相見

在跟有些人說再見的時候，心裡其實知道兩人此後餘生是不會再相見的了。例如分手的男女朋友、同班同學、語言學校的朋友、搬家的鄰居、甚至是搬家前住家附近7-11的店員或水果攤的老闆？除了久病離世的親友，告別的時候知道是人世永隔不算，當兩個都應該還有很多年可活的個體，曾經是彼此每日生活作息不可缺，或是生活常態的一部分，從某一個時間點開始，就彼此消失在對方生命中了，這是一種很奇異的感覺。在告別的時候，不管是你在那個人懷裡流淚、是他抱著你痛哭、是兩個人笑著說以後要常聯絡喔、或只是買完東西跟那個每天都看到的店員或老闆說最後一次的謝謝或掰掰，每次在這個臨界點的時候，都感到人生洪流的不可抗拒和自己無能為力的渺小。但，人生中偏偏有無數個這種時刻。

和上述情形相反，也有的人，你以為還有很久的時間可以在一起，以為還會有無數次的再見，卻愕然發現其實上次見面已變成你倆最後一次的見面？如果知道那是最後一次見面，你是否會更珍惜相處的機會？

那麼，是不是也會有一種人，是你一心自我安慰著：沒關係，忍著點，再不久他／她就會脫離我的生活圈了。這種人通常是同事、長官、合不來的同學、爛情人，或是姻親？但是他們偏偏就跟你有緣得很，在你身邊長長久久的？這時，大概除了無奈，也沒什麼好說的了，只能感嘆命運的安排是一場凡人不易懂的牌局。

人世間這些的最後一次見面，用老生常談的說法，叫緣盡了。中國人說的「緣」，是玄妙難以翻譯的東西，不管fate或destiny或serendipity都不能完全解釋其義。但在華人文化裡，這個理念卻也是被講到爛講到俗講到變八股，不小心就會變成背景是荷花或橘子，上面印著「萍水相逢」或「惜緣」這樣的長輩圖。

最近很多演藝圈、運動界或各場域知名人士在壯年意外離世的新聞，雖然這些人和我們日常生活毫不相干，但也覺得驚愕可惜，更不用說是親人。這兩年的局勢非同以往，總覺得生命中暗藏著波濤洶湧，底下的險惡隨時會撲捲而來。生命脆弱而無常，當自己還感傷著親友的離去，誰知道下一個提早不告而別的人會不會是自己？因此不管心裡清不清楚這次的見面會不會是最後一次，都把它當成最後一次的來珍惜吧！

大一新生那年，剛從純樸的南部上繁華的台北，從來沒有離家生活的新鮮人，進到師大宿舍展開新生活。一間寢室六個人，其中兩個是大三學姊，四個是我們大一新生。英語系分甲乙兩班，雖然小西和我們其他三個大一生不同班，課表不同，老師也很多都不一樣，不過一進去她就住我對面床，我倆自然而然成了一同解決肚子溫飽處理大小雜事的生活夥伴。

她和我都來自南部，兩個都出身於壓力很大，名字裡都有個「明」的私立高中（南部似乎流行有個「明」字的高壓力私立中學）。她個子嬌小，少我半顆頭，但身材比例很好，眼睛很大，長得漂亮中帶著可愛，像是卡通人物的美少女。小西非常愛打扮，隨著我們從鄉下來的小毛頭一年一年變成越來越資深的學姊，她原本素顏的臉蛋也添上了色彩。總是喜歡在已經很大的眼睛畫上亮亮的眼影，夾翹翹的睫毛，在小小的嘴唇上點一點唇彩和唇蜜。她尤其熱衷指甲彩繪，喜歡各式各樣的指甲油，後來更迷上美甲光療，她的指甲永遠活潑亮麗，就像她的個性一樣。

小西人緣很好，在她班上有一群感情超好的死黨，在吉他社也有一票男性好buddy和一樣熱火青春的女性好友。我和她個性很不同，社交圈也幾乎完全不一樣，比起她，我的社交圈小很多，有點文青孤僻性格，喜歡泡在圖書館，偏好往校外和一些與國外有關的活動發展。生性熱情又好人緣的小西則在班上和社團活躍，校內有很穩固且強大的友情圈。儘管如此不同，我倆卻很合得來，我是她在乙班最熟的人，而她則幾乎是我在甲班唯一認識的朋友。像數學裡的Venn Diagram（文氏圖）一樣，她有屬於她的活絡人脈，我有我的小世界，她愛指甲彩繪，而我則無法忍受指甲油在指尖造成的窒息感。她的腳很瘦又很小，逛街時常常因此買不到size，運動鞋甚至常降級買童鞋，而我的腳則常常因為太大，店家沒尺寸得調貨。她喜歡充滿粉紅泡泡的愛情小說，也熱愛漫畫。那個年代流行K書中心，她每個月繳會員費，就有看不完的漫畫和小說可以租回來看到飽。而我除了小時候看過《庭院深深》以外，就對愛情小說冷感。人生哪有那麼多溫柔體貼又多金的帥哥會不小心出現在妳身邊？不知道她是天性浪漫所以愛看言情小說，還是因為看多了言情小說所以相信浪漫，小西對愛情總是充滿了憧憬與幻想，希望有天遇到真命天子。而年輕的我對愛情則是抱著「有比較才會有進步」的心態。但這些不同處一點也不影響我們兩個的交集，甚至因為這樣各有喜好、互相熟悉卻又擁有不同社交圈形成有點黏又不太黏的關係，讓我們成為彼此最佳的室友人選。大一到大三年都住同一寢室的我們因此培養出很堅固的戰鬥情感。

升大四那年，沒有宿舍可以住了，照理說應該有很多朋友想找她一起分租雅房，但她還是決定要跟我住在一起。我找了師大路上一個離學校很近的出租地點，那棟小小的三層樓房很破爛，一樓是店面，旁邊一條狹窄的樓梯走上去有兩間雅房，附一個很簡便的衛浴。克難的雅房下樓走幾步就是頂好超市和師大夜市，不到三分鐘就能坐公車去我實習的學校，不能再更方便了。因為原本就是同一間寢室室友的關係，我們很懂得彼此，想要有人陪伴聊天時，we are there for each other；需要私人空間時我們一句話都不用說就知道不要去吵對方。餓了一起下樓買乾麵滷味或我倆最愛的生炒花枝麵，買

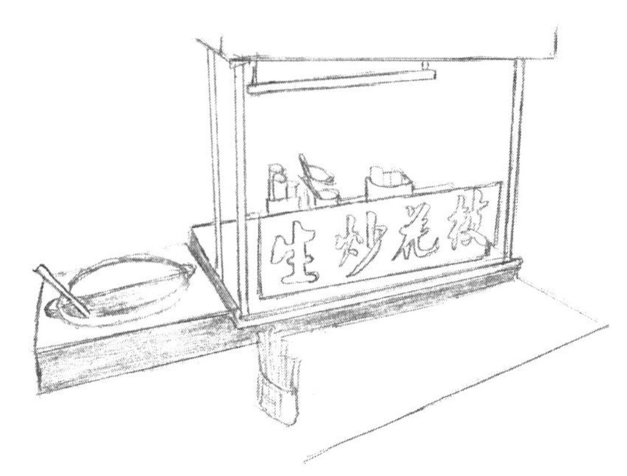

曾經每週吃一次的師大路市場口生炒花枝，價位聽說數十年如一日。

完美食各自回房間後她看她看的小說，我看我的電視，很有默契的自在。

我們常常去西門町小巷子裡一間牛仔褲店買當時流行的小喇叭褲。那家店可以現買現修改，老闆娘總會把大腿和屁股那裡抓得很緊，好讓我們當時年輕的身體展現出傲人的線條。我倆都瘦瘦的，下半身曲線就怕別人不知道，每次相約去西門町逛街，總會去那家店看看，然後不小心又花錢買了幾條緊緊貼著大腿的牛仔褲（後來流行起貼著整條腿的緊身褲，不適合小腿粗的我，於是只能一直等待著喇叭褲的復古風回流）。

人氣好的她和每個階段的同

學都還時常聯絡聚會。時常聽她說起她們還在辦國小同學會，彼此也都還很常見面。後來她和其中一個男同學搞曖昧，聽說這男的長得斯文白淨高大帥氣，我想像大概就是現在的韓國歐巴樣吧。雖然我們住一起，可我都從來沒見過這個男生。不過從小西每每為情所困的訴苦裡，聽起來這個人就是個只會占便宜，把她當備用品的無良男生。這種事不能在她面前說得太明白，否則忠言太過逆耳，就失去了閨蜜用來紓壓發洩的功能。小西曾為他歡喜、為他傷心流淚，苦悶折騰了好幾年，最後無疾而終，心碎收場。

實習結束後，她立刻到一所私立高中教書，薪水很好，導師費課輔費加一加每月都超過十萬。她說，要不是為了錢，也不用這麼辛苦把自己綁在這早出晚歸，重點是其實沒那麼衷心喜歡的工作。如果錢不是壓力的話，她想要開一間跟美有關的東西，像是美容美髮，或者是美甲店。也許，再教個幾年書存夠了錢，就可以開一家自己的店了，說的時候她的大眼睛遠望，散發出漫畫般的迷濛。

而我實習完，則申請到了去美國大學交換一年的機會。一年結束後暑假回台灣，年輕氣盛、做事很衝動的我只諮詢了一次眼科醫師，就立刻約好時間要做雷射近視手術。手術過程很順利，但做完了才想到自己一個人眼睛模糊不知道該怎麼回姊姊家。臨時要找救兵不容易，打了一通電話給小西求援，她二話不說，立刻從當時已搬到天母的套房出發，騎著她可愛的小噗噗到和平東路把我一路載回萬華姊姊家。這個恩情和俠女般的義氣我始終牢記在心。

那年暑假過後我前往英國，念完碩士後我又回到台灣，卻總覺得心還在國外，也許想繼續攻讀博士，也或許想往別的產業發展，因此不願意把自己立刻又關回國高中過那種每天逼學生念書考試、改考卷、辦教學日的生活。但人總是得把自己的肚子填飽，於是這裡兼點課，那裡接個家教。約任的教職只算鐘點費，薪水扣掉房租後所剩不多，那是人生中很迷茫徬徨的一段日子。煩悶時把小西約出來一起逛街吃飯，時常跟她抱怨我這個也買不起，那個也要想很久，比起她買起東西毫不手軟，顯得很窮酸。安靜聽我發牢騷久了，她終於說：「那就是選擇啊，妳選擇要過那種日子，自然就只能拮据一點。我每天早出晚歸辛苦上班教書，到了週末好好犒賞自己一番，花起錢來能不小氣，也是我的選擇。妳既然不願意乖乖地去當老師，就去做做自己想做的事吧！至少那是妳的自由，好好利用這個自己的選擇吧！」我聽了如當頭棒喝，她說得沒錯，與其抱怨不如做點實際的事吧！同時決定此後不再對她碎碎念，因為再好的朋友也禁不起無盡的牢騷。

再過幾年後我已結婚，輾轉在日本和新加坡居住，也變成了全職的兩寶媽，期間聽到她終於遇到一個把她捧在手心上疼愛的男生，而且也是個師大人。兩人婚後始終放閃無極限，我替她開心，因為這才是她值得的愛，看來她真的遇到了夢想中的真命天子。

從新加坡搬回台灣後，原本以為一定會去找小西出來聊天吃飯重溫舊情，但看她在臉書上有自己精彩的日子，教書生活忙碌又繁雜，平日她都在上班，週末我則都在帶小孩。加上她是個沒小孩的教職界都會女，有點擔心她，我這個資深家庭主婦現在跟她已經沒有共同話題好聊，於是選擇在臉書上關心她，默默地follow她和老公的快樂生活，只要知道她過得很好，就覺得替她開心。也許哪天再把她約出來吃頓我們當初吃不起的貴婦下午茶吧！

但是，人生是殘酷無常的。總以為會有的下一次，並不一定有這個福分去得到。一直以為會再見面，到時要好好相聚的人，竟然就這樣走了，從此再也見不到了。一開始從她先生的臉書上知道她生病了，出院後原本以為她會從此慢慢康復，回到正常的生活。此時人已在英國的我也在她生日時傳了訊息，希望她健康平安。她說：謝謝，我現在不用上班了，一定會好好的吧！。

兩個月後，她走了。而我十幾年沒有見到她一面。在這樣的大好年華，這麼年輕又開朗，像天使一樣人見人愛，人小小卻充滿義氣的小西，走了。我不願她隨著時間成為雲煙，想要把她和我們過往的大學回憶留在不會消逝的文字裡。小西，我永遠記得你漂亮的大眼睛，笑起來露出兩顆可愛的兔寶寶門牙，最重要的是那永遠溫暖、體貼人的個性。就算再怎麼老調重彈，不經歷不會知道心痛，生活的無常屢次提醒，想見的人不要遲疑，現在就去見吧；想關心的人，現在就告訴他你的關心吧，你永遠也不知道會不會有下一次。

有頭蒼蠅

在伺候小孩睡覺時，房間出現了一個不速之客：嗡嗡聲響亮不斷，個頭也很巨大的蒼蠅。英國沒有裝紗窗紗門的習慣，因此一到夏天為了通風涼快，門戶一開，蒼蠅蜜蜂什麼的也都跟著飛進來，甚是討厭。看著牠的樣子，腦海裡不禁浮現「無頭蒼蠅」一詞。但這隻蒼蠅明明就有頭，只是牠的行為舉止跟沒頭一樣，對著人迎頭直撞抑或擦臉而過，讓人忍不住惱怒起來。

有時看到牠已經飛到窗戶玻璃前，打開了窗想讓牠出去，這蒼蠅縱使有再多的複眼，卻跟沒有眼睛一樣，偏偏就是要往旁邊的玻璃猛撞，開著的大窗口，牠卻都看不到。若是能安靜地飛行也罷，但在室內的大蒼蠅飛起來嗡嗡聲之大，加上焦急之餘的橫衝直撞，那種忽左忽右、忽上忽下的震動頻率，再怎麼平靜的人也會被弄得火冒三丈。

為了能一晚好眠，只好拿出台灣帶來的電擊拍屢次出擊，最終牠在交錯的電線絲中停止了撞牆式的飛翔。把這隻不幸的昆蟲抖到馬桶的時候，不知哪來的憐憫，忽然間替之感慨。這位如今昏厥在馬桶水灘中的蒼蠅兄其實什麼錯都沒有，唯一做錯的，就是走錯路，誤飛到人家房子裡，又看不見我給牠開的活路。牠雖然把我搞得惱怒到抓狂的境界，但其實也只是為了生存的奮力一搏，可惜牠越使盡力氣地努力，對我來說就是越無法忍受的存在！

看著在馬桶沖水漩渦中離開人世的蒼蠅兄，想到好多個人生體悟：

啟示一：某些人只要出現，對其他人就是一種無可忍受的存在。周遭是否有的人走起路來、做起事來、吃起東西聲響奇大無比？或行事風格、價值觀念與你南轅北轍？尤其是深陷絕境時，此人更加碼橫衝直撞，硬是要干擾你的生活，這要叫人不心生厭惡，實在很難。又或者是有人選擇吃屎作為他人生中最大的樂趣，這種興趣我們不懂無妨，但若是白目到硬要把吃過屎的手伸來拿我盤子裡的東西吃時，那就是侵犯，我們是一定得站出來捍衛自己的。（在此「吃屎」只是用蒼蠅的喜好當比喻，歡迎自由聯想什麼樣的行為是吃屎）。

啟示二：當我們怎麼樣都覺得自己爬不出生命困境的深淵，或陷在自認為水深火熱的苦難中時，是否其實只要優雅地往旁邊一走，就能找到出口？又，是否有一個人（神或父母或親友）也總是站在遠處或高處，看著我們像蒼蠅一樣傻傻地橫衝直撞，撞得頭破血流，然後感嘆我們竟能如此張著眼睛做瞎事，又無法把自己從錯誤的深淵拉提出來，更糟的是——講也講不聽？

啟示三：再換個角度想，也許為了某個理念（例：民主自由），有時候不得不以生命相許。這時，因為失去耐性而以暴力解決的那個掌權者，是否成為該被批判的殘暴者？

啟示四：在一本英國女孩Libby Scott以自己自閉症的經驗描寫的小說《Can You See Me?》裡，形容自己像是蒼蠅。她的感官像蒼蠅有成千上百的複眼，假如有人無預警的接近，就會受到驚嚇立刻起身想逃脫，而人們對這樣的行為並沒有任何同理心。好笑的是，在我眼裡英國的蒼蠅和台灣的比起來已經算是反應遲鈍，每當橫衝直撞累了，牠們最後會停在玻璃窗上休息，這時我就算在牠們身邊大肆揮手，也經常沒有任何反應，甚至有時候可以用一張紙片把牠慢慢推出窗外。也許英國的蒼蠅和當地人性格一樣，時間到了就關門休息？或是因地處溫帶，反應比較遲緩，沒有熱帶的靈敏？

啟示五：從打一隻蒼蠅聯想到這麼多人生啟示，應該可以看出此人有慣性的「想太多」症狀。要不是因為總是想太多，就不會為了一隻蒼蠅犯起了思鄉病；不會為了一隻蒼蠅想起兒時漫長的午後，趴在桌上觀察蒼蠅透過那根長長的口器吸吮食物，以及那摩拳擦掌的姿態；不會想起台南廚房裡總是放著的一兩隻亮蘋果綠蒼蠅拍，爸爸一看到有「虎神」（蒼蠅）飛進來就立刻拿起來四處揮舞。打不到，令人氣憤；打到了，看到那腸破肚流的可怕體

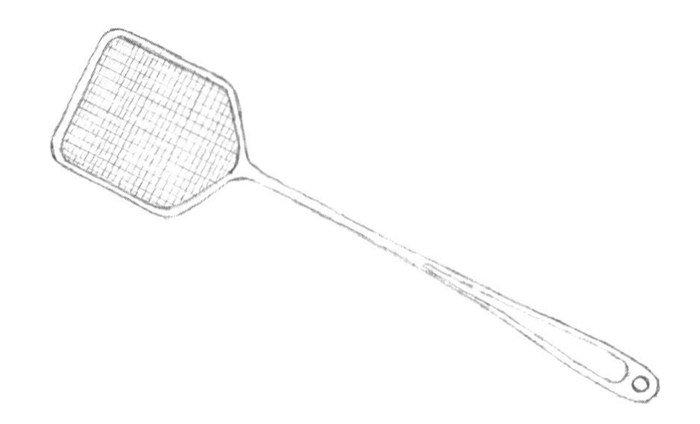

南部人家在庭院泡茶吃水果時必備的亮色塑膠蒼蠅拍，放在身邊好隨時施展身手。

液黏在一格一格的小洞裡卻也很難開心。就算如今身處在遙遠的英國，還是從這不討喜的昆蟲身上想起了台南大圓餐桌上滴落的西瓜汁、菜市場裡肉攤上懸掛著旋轉的塑膠細條、庭院裡肚破腸流的蟾蜍屍體，那一幕幕都在轉眼間變成只能在回憶裡重返的童年。

釀文學256　PG2624

郵購、喬琪、虱目魚：

桂花飄香的南瀛時光

作　　者　艾莉雅
責任編輯　尹懷君、楊岱晴
圖文排版　阮郁甯
封面設計　蔡瑋筠

出版策劃　釀出版
製作發行　秀威資訊科技股份有限公司
114 台北市內湖區瑞光路76巷65號1樓
電話：+886-2-2796-3638　傳真：+886-2-2796-1377
服務信箱：service@showwe.com.tw
http://www.showwe.com.tw
郵政劃撥　19563868　戶名：秀威資訊科技股份有限公司
展售門市　國家書店【松江門市】
104 台北市中山區松江路209號1樓
電話：+886-2-2518-0207　傳真：+886-2-2518-0778
網路訂購　秀威網路書店：https://store.showwe.tw
國家網路書店：https://www.govbooks.com.tw
法律顧問　毛國樑　律師
總 經 銷　聯合發行股份有限公司
231新北市新店區寶橋路235巷6弄6號4F
電話：+886-2-2917-8022　傳真：+886-2-2915-6275

出版日期　2021年9月　BOD一版
定　　價　290元

讀者回函卡

Printed in Taiwan

國家圖書館出版品預行編目

郵購、喬琪、虱目魚：桂花飄香的南瀛時光 / 艾
莉雅作. -- 一版. -- 臺北市：釀出版,
2021.09
面； 公分. --（釀文學；256）
BOD版
ISBN 978-986-445-517-1（平裝）

863.55 110013567